1360

CHARIOT

DE TRIOMPHE

TIRÉ PAR DEVX AIGLES,

DE LA GLORIEVSE,

NOBLE ET ILLVSTRE BERGERE,

Ste. REINE

D'ALISE,

VIERGE ET MARTYRE.

Par M. HVG. MILLOTET, P. Chanoine
l'Eglise Collegiale de Flauigny.

TRAGEDIE.

A AVTVN,
Par BLAISE SIMONNOT, Imprimeur de la Ville, du Cle
& de Monseigneur l'Illustr. & Reuerend. Euesque
Bresse, Der. 20. Mai. 1661.

ACTEVRS.
SVIVANT LEVRS SCENES.

Artoclés, Druydes Sacrificateur.
Clement, Pere de Reine, Gouuerneur de la cité d'Alize.
Asthere, Beau-frere de clement, tuteur de Reine.
ACTE I.   *Amelin*, Page de clement.
Reine, Fille de clement.
Algeride, confidente de Reine.
Protine, Femme d'Asthere, sœur de clement.
Paulias, Seigneur Senenois, Amant de Reine.
                Troupes des filles d'Alize.
Julie, Amerienne.
        Cœurs des Citoyens nouueaux Chrestiens.
A R C O R I D E, A M Y N D A S, C L A V D I A N,
    Senateurs.
Alichriste, Nourrice de Reine.
Theophile, Mary d'Alichriste, & Pere Nourricier de
    Reine.   *Cœurs des Bergers.*
ACTE 2.   *Alain & Gridelin*, Bergers.
Heros des Gardes d'Olibrius.
ACTE 3. *Nectoriale*, Femme d'Arcoryde.
Nimphe, leur fille.
Olibrius, Lieutenant & grand Preuost de Marseille,
    fous Diocletian Empereur de Rome.
ACTE 4.   *Dalazan*, Conseiller d'Olibrius.
Rozelay, Page d'Olibrius.
        Cœurs des nouueaux Chrestiens Citoyens.
P H I L I S M O N , O R A N C E *sa femme &*
T A R S I L I E *leur fille*
ACTE 5.   *Les Gardes d'Olibrius.*
            DEVX ANGES.

PROLOGVE
DV PREMIER ET SECOND ACTE.

MESSIEVRS,

Il eſt dit au 4. liure des Roys, que pour la garde & conſeruation du Prophete Elie, que le Ciel enuoya tant de cheuaux & chariots de feu, que toutes les montagnes en parurent remplies. Les Payens tous aueuglés en leur idolatrie, auoient bien cette croyãce que les chariots de leurs Dieux eſtoient traiſnés par des animaux, comme celuy de Saturne par des Serpens, celuy de *Bacchus* par des Tygres, celuy de Neptune par des Dauphins, celuy du Soleil par des cheuaux, & celüy de Venus la Deeſſe d'amour par des Colombes.

Les Romains, cette fiere & ſuperbe Nation, en ſuite de ces hiſtoires profanes, auoient de couſtume de dreſſer pareillement des chariots à ſes Empereurs, & ſpeciallemét alòrs qu'ils s'eſtoient rendus victorieux, & qu'ils auoient ſubjuguez les autres Nations qui leurs eſtoient aduerſes : tantôſt vn Ceſar l'épouuentail de tout le monde, entrant dans la ville de Rome, enflé de victoire, chargé de butin, monté ſur vn chariot attelé de quarante Elephans. Ores celuy d'vn Antonius, qui reuenant victorieux des Nations eſtrangeres à la veüe de ſa patrie, faiſoit rouller vn carroſſe tiré par des Lions animaux eſtrangers. Et d'autres-fois Aurelian en faiſant ſon entrée, fit courir des Cerfs

A 2

deuant luy qui traînoient la Littiere par les ruës de
cette superbe Rome.

Mais quittons ces Histoires profanes, & traittons
de celle qui nous inuite aujourd'huy toute saincte &
veritable : c'est le Chariot de Triomphe de la glorieu-
se Patronne de bourgongne, ainsi qualifiée & bien re-
cônuë par les peuples deuots, doublement couronnée & appellée de ce nom de Reine.

Premierement, peu de temps après sa naissance sa
mere mourut en l'abominable religion du Paganisme,
mais Dieu destinant cet enfant, & se voulant reseruer
ce petit germe precieux, permit qu'elle fut mise entre les bras d'vne Nourrice tres-sage & vertueuse
chrestienne, qui l'allaictant de son laict, luy fit pareillement succer la douceur & le miel de nostre Foy
catholique, la faisant baptiser, & disons que desslors
qu'elle ne fut pas si tost trempée dans le sacré lauoir du
Baptesme, que le ciel luy fit desia voir vn char de
triomphe en son entrée dans la congregation des
Chrestiens sur sa naissance paganesque. Elle triomphe desia sur cette abominable Religion, par les soins
de sa bonne Nourrice & Mere spirituelle, portant pour
deuise sur son bouclier. *Filia mea modo dilecta prepara
animam tuam ad tentationem.* Voila de grands hazards
où cette bonne Macrone l'expose, neant-moins elle la
veut en confirmer d'auantage, s'attendant de l'in-
struire & l'endoctriner en telle façon, qu'elle seule se
rendra assez hardie pour parler de la foy qu'elle embrasse, & que de quitter & perdre la connoissance de
son Dieu, que sa chere Nourrice luy donne par son
assistance au *Baptesme*, luy sera moins souffrable que
la mort mesme. Alichtisse cette bonne Nourrice, par
l'ethimologie de son nom, la nourrit non seulement

de l'aliment corporel, mais aussi de cette saincte &
infaillible leçon (viande spirituelle) de sçauoir prier
Dieu & l'adorer pour seul, & vray Createur, vn seul
Dieu en trois personnes, Pere, Fils, & S. Esprit; la
seconde desquelles a pris naissance au ventre imma-
culé de la Vierge Marie, ayant voulu mourir, s'immo-
lant en l'Arbre de la Croix par les mains des Iuifs, pour
la redemption du genre humain, luy faisant entendre
le reste des mysteres de l'Eglise suiuant son talent,
comme la Resurrection de nostre Sauueur I E S V S-
C H R I S T, le troisiesme iour apres sa mort. Nous
laissant son corps precieux au S. Sacrement de l'Autel
en Resurrection de la chair & vie eternelle, quant
aux bons, & quant aux mauuais, & qui le receuront
indignement leur sera iugement & condamnation des
peines eternelles.

Cette ieune escoliere du S. Esprit, commançant à
croistre, profitoit en toutes vertus en la profession
chrestienne. R'appellée qu'elle fut par ses parens ido-
lâtres & supersticieux en la loy des Payens, hommes
des plus nobles & notables du pays, qui la reconnoissant tout à fait éloignée du culte de leurs Dieux, tan-
tost la flattoient, puis menassoient sans pouuoir ébran-
ler cette inuincible Reine.

Arthoclés druyde, & grand Prestre de la Loy, sug-
geroit tousiours à Clement pere de Reine de la contraindre à leurs impies sacrifices, & la forcer d'occuper le lieu & le rang d'honneur où la Republique te-
noit sa mere. Asthere son Oncle & Tuteur, commis
en cette charge, qui la voulut contraindre à cet execrable changement, n'en sçeut venir à bout, ny par
amitié ny par menace; y ayant perdu son temps.

Il y enuoya Protine sa femme sœur de Clement, qui

ne sçeut rien gaigner sur ce cœur genereux. Pendant
cette poursuite ils se resolurent tous comme parens &
tuteurs de Reine, d'accepter à faueur de Mariage vn
ieune Seigneur des grands & puissans Seigneurs Se-
nonois és Gaules, qui s'estoit presenté à luy faire l'a-
mour: donc ils delibererent de les espouser.

Arthoclés appellé. Ce Druyde Sacrificateur estant
sur le poinct de luy demander consentement, & luy
remonstrer les honneurs du mariage, afin de les espouser. Reine s'echappe de leurs mains, & s'enfuit
de cette assemblée. Clement là voulant presser le cousteau au poing, & se plongeant dans vn dépit enragé
de la vouloir tuer, demeure à cœur failly. Ce qui
donna temps à Reine de se sauuer: car l'assemblée &
parentage n'eust qu'à secourir Clement en sa triste
fureur; lequel estant vn peu reuenu à soy & rentré en
ses forces, courut incontinent apres auec Asthere &
son Page, *Mirabilis Deus in operibus suis.* Dieu estant
admirable en ses œuures, voulut faire voit des arres
& marques de vertu à l'endroit de celle qui se propo-
soit plustost de mourir que de quitter sa foy, se voyant
poursuiuie auprés des Ormeaux, l'vn d'iceux s'ou-
urit, & elle se ietta dedans pour se sauuer, l'Orme so
reserrant sur elle, Reine en fuyant laissa choir la
coëffe & son mouchoir en chemin.

Ces furibons forcenez de rage, attribuerent cette
merueille & œuure de Dieu à magie sur les Chrestiés
& ne la pouuant tirer du cœur de cet arbre, voyant
mesme le petit bout de sa iuppe qui passoit par vn trou
de cette tige, s'auiserent d'y mettre le feu, & retournant en prendre auec hache & coignée: pendant leur
éloignement, Reine eust loisir de passer plus loin sans
crainte ny les eaux ny d'autres inconueniens qui luy

pouuoient arriuer Clement & les compagnós retournant à l'Orme auec des brandons ardans pour la brû-
ler, le trouuerent vuide & ouuert, lors qu'ils croyoient
la proye de leur rage asseurée: si bien qu'ils en demeu-
rerent confus.

Or que dirons-nous en cette rencontre, n'est-ce
pas vne seconde victoire qu'elle remporte sur le monde: elle foule aux pieds les grandeurs: elle tourne le
dos aux richesses: elle fait la nicque aux carresses de
Venus: elle fuit la Cour: méprise les honneurs : s'enfuit de ses parens, pour mieux conseruer en elle l'a-
mour de Iesus son cher Espoux, l'Amant incomparable & le Roy de pureté.

Theophile mary de cette bonne Nourrice, comme
fidel seruiteur de Dieu, & vrayement Chrestien, desire de la voir, & rauy tout à fait d'aise de sçauoir sa
ferme resolution, demande à sa femme de l'accoster,
de luy parler, de l'embrasser comme aussi Algeride,
qui ne la quitte point: il se resout à sa conuersation.
Mais d'ailleurs, cette resolution l'estonne, & ne sçait
de quelle façon y proceder, sans qu'elle puisse estre
decouuerte, rumine en soy-mesme (la voyant si belle)
de quelle maniere elle pourroit viure en asseurance
dans sa maison. Il l'aborde, il l'embrasse, il la baise
comme son propre enfant, auec des tendresses & caresses de pere, representant à sa femme qu'il faut l'as-
sujettir le mieux qu'il se pourra à leur vie rustique, &
qui de plus il est expedient de luy faire changer d'habis & la déguiser en Bergere aussi bien qu'Algeride sa
suiuante, estans inseparables & d'amour, & de foy,
& que ce vestement emprunté les mettroit facilement
à couuert, de peur d'estre reconnuës, ce qui fut arre-
sté entr'eux. Les parens de Reine cependant la cher-

chent par tous les lieux circonuoisins, par le Monts & Vallées, par les costaux & bois, & doutent mesme qu'elle ne se soit precipitée dans le coulant des fleu-ues qui arrousent les enuirons de la *Cité d'Alize*. En-fin ils n'en pûrent apprendre aucune nouuelle.

Ces petites *Bergeres* rauies d'vn tel changement d'habis & de vie, & dans cét innocent exercice de garder les trouppeaux de cette aimable *Nourrice*, re-doublent leurs vœux, & se rangeans dans vne profon-de humilité la plus solide des vertus. *Omnium fortissi-ma humilitas.* Elle recommande à Reine à viure en pauure fille, Reine obeit, Reine agit à la maison & aux champs. Ne dirons-nous pas icy qu'elle luy pre-sente vn second chariot de victoire : voilà cette sain-te vertu de l'humilité qui luy sert de *Bouclier* d'vn costé, & de l'autre munie des armes incorruptibles de la virginité. cette illustre Reine habillée, en Paisane (encore plus bas) seruante d'vn païsant. Il faut auoüer que c'est vne *Vierge* forte, plus forte (diray-ie) qu'vn *Alcide*, forte en virginité, coura-geuse au combat, tant plus considerons-nous dans le bassesse, tant plus la verrons-nous rechaussée sur l'a-pogée des vertus. Par cét Oracle du concile de Gan-gre. *Nos autem virginitatem cum humilitate admiramur* *Algeride* l'accompagne en tout degré d'humilité, elle la suit, elle l'imite, elle la contemple, elle l'appelle sa maistresse, Reine l'appelle sa bien-aymée, sa che-re compagne : enfin elles viuent en inseparables, elles s'entretiennent en mesme ferueur & deuotion : elle sont en terre comme deux colombes que l'on vou-droit offrir comme des innocens holocaustes. Mal Reine n'attend que le coup à venir, auec vn courage assere pour la foy : le Ciel en attend l'execution. Vo-ïlà le suiet des deux premiers Actes.

ACTE I.
SCENE PREMIERE.

ARTHOCLES DRVIDE, CLEMENT,
ASTHERE, AMELIN Pages.

ARTOCLES.

Seigneur il ne suffit, comme nous immolons
De dresser des Autels à nos grands Apollons,
Le peuple ne s'atend qu'à des saincts exemplaires
Qu'il faut illuminer contre nos aduersaires,
Par le sang des victimes arrousans nos Autels,
Les Citoyens presens sous des vœux eternels.
Mais reprendre icy, ces Chrestiens, ces rebelles,
De vouloir commencer a ce rendre infidelles,
D'vne secte nouuelle atteinte de l'erreur,
Qui braue de nos loix, puissance & l'honneur,
A quoy ces forcenez s'attachent & s'adonnent,
Ne faisans cas de ce que les Cesars ordonnent,
Ainsi qu'en ce canton on entend murmurer,
Cette sorte de gens à nous contrarier.
Et ie n'approuue pas aureste qu'on méprise,
Les temples dediez à nos Dieux dans Anzé:
Cette indignation est pire qu'vn éclat,
Du tonnerre grondant, qui fracasse & abbat,
Clement il suffira de chastier les crimes
De ceux qu'on connoistra s'absenter des victimes,
Si bien qu'en tel conuoy nostre peuple assemblé,

Enuironne ces lieux de cœur humilié,
Et du sang tout bouillant remplissant cette couppe,
I'arrouse les Autels adorez de la trouppe,
Les animaux occis, & l'encensoir fumeux,
Brusleront deuant tous à la gloire des Dieux.

CLEMENT

C'est vn iuste deuoir d'épouser les querelles,
De nos Dieux souuerains, en battant ces rebelles,
Ie suis a faire voir de ne les point flatter,
Qualité que ce soit non plus considerer,
Ie doute, i'apperçois, ie suffre, ie soubçonne,
I'attend des éclaircy de ce qui m'enuironne,
Me regarde m'atteint? quoy qu'issu de mon sang,
Qu'encore ie carresse, & cheris comme enfant:
Il est vray que le temps m'en promet quelque chose,
Mais d'y mieux surueiller, bien vray ie me dispose,
Et les traits importans me feront auancer,
Que ma fille en son rend se vienne presenter:
I'entend par vos discours l'honneur de vostre peine,
C'est raison de vous suiure en ce sacré domaine,
Portez de pieté aux seruices des Dieux,
Redoutables sur terre & adorables és Cieux,
Frere faites auertir Reine estant la premiere,
A l'exercice sainct succedant à sa Mere,
Et qu'elle soit presente à ces deuoirs humains,
Ses vœux couplez aux miens, sa foy a mes desseins.

ASTHERE

Frere puis qu'il vous plaist qu'à ce bien ie l'excite,
Et i'aye ce bon-heur de me voir sa conduite,
Ie vay diligenter, & l'auertir des vœux,
Qu'icy vous protesticz aux seruices des Dieux.

CLEMENT

Aussi nos Senateurs feront voir l'exemplaire,

Mandant de publier tel Edit à voix claire.

ARTOCLES.

Voſtre front reluiſant de cette loyauté,
Teſmoigne d'extirper toute deſloyauté,
Semond cette Citè où les diuins propices,
Ainſi que dés les Cieux nous regardent & beniſſent.

CLEMENT.

Sainct Pere on connoiſt bien par cette verité,
Qu'ils ſont les tout puiſſans ſur toute humanité,
Qui voudrait reſulter à leur honneur & gloire,
Ce ſeroit bien-toſt fait d'en trancher leur contraire,
Il ſe faut maintenir en reſolutions,
Afin de ſuffoquer les contradictions.

AMELIN.

Seigneur commandez-moy par voſtre ordonnance,
Qu'on faſſe publier en toute diligence,
Pour ſacrifier, les Aliſiens pieux,
Se rangent à leur deuoir glorifians les Dieux.

CLEMENT. { Amelin { s'en va.

Auance donc le pas auant que tu le puiſſe,
Vn loyer merite payera ce ſeruice,
Cependant Pere ſainct attendant le commun,
Cette ſolemnité ſera veuë d'vn chacun,
Vous en verrez icy les trouppes amiables,
A ſeruir de marchoir à vos pieds venerables,
En ſuite des plus grands par vos ordres obſeruez.

ARTHOCLE'S.

Pouuez-vous ſous les Cieux mieux eſtre reſpectez,
Il faut perſeuerer cette ſaincte obſeruance,
Eſtroittement au iong de l'antique alliance,
Reiglant par vos moyens les deſſeins differens,
Reformans aux arreſts ces abuſeurs errans,
Et les penſees diuerſes qu'ils ont contre nous-meſme.

Bondissent mensongers croyans vn Dieu supréme,
Au salut important se montrant zizaniens,
Lors qu'ils disent ce Christ le Saueur des Chrestiens.
Iupiter est tesmoin, ce grand Dieu des allarmes,
Neptune Dieu des eaux, & Pluton des vacarmes,
Ces autres Dieux comblez de gloire dans les Cieux,
Ont pouuoir d'élancer leurs foudres par tous lieux,
Voulans qu'en tout endroit cette humaine Nature,
Rendre des sacrifices estant leur geniture,
Tels que dessus leurs loix nos Druydes consacrez,
Sommes-nous icy bas à ces fins destinez,
Continuans tousiours nos celebres seruices,
Ie vous attendray tous où les deuots fléchissent,
Et comme lees respects vous touchent le premier,
Allons au Temple sainct i'y dois sacrifier.

SCENE II.
REINE, ALGERIDE, ASTHERE
entre aprés.

REINE.

ABsentons-nous d'icy ? consacrons nostre vie,
A cette heureuse fin, dont'elle est poursuiuie,
A la gloire de Dieu, qui nous a creé ça bas,
Glorifié des Saincts, en leur heureux trespas :
De ses diuins rayons mon ame est eclairée,
Et celle de mon pere en est trop escartée.
O foy indigne foy, qui luy voile les yeux,
L'empeschant de sçauoir ce beau Soleil des Cieux,
Qui eclaire nos sens, & nous donne a connoistre
Par la foy, qu'il est Dieu de Nature maistre,

Si mon pere m'abit, c'est pour sa fausse foy,
Ia le desobeis pour vne saincte loy.
Ie n'en craindray des Druydes artifices ny charmes,
Ny de tous leurs creans les menaces ny armes,
Renonçons donc ces Dieux priuez de sentimens,
Organes des demons les humains deceuans,
Par leurs illusions se font faire des festes,
Et dessus leurs Autels ils immolent des bestes :
Algeride plustost inuocquons que la mort
Nous suruienne pour Dieu en mille & mille effort,
A l'imitation de ces esprits qui volent,
Depuis la terre au Ciel en brizant les Idoles,
Iouïssans des lauriers tout à fait precieux,
Regnans pour vn toustours en l'estre glorieux,
Par échange de vie à la ioy immortelle,
En triomphe là haut de la gloire eternelle,
Et leur mort icy bas nous enseignant assez
Le chemin asseuré par où ils sont passez.

AGERIDE.

Reine ie connuis bien que vostre ame fidelle,
Voudroit ia éprouuer la fureur paternelle,
Et ie vois que du moins la fiere impieté,
N'estonnera iamais vostre sincerité.

REINE.

C'est vn diuin obiet, quand vne ame auisée
S'induit pour nostre foy au tranchant de l'épée.

ALGERIDE.

Mais aussi bien souuant on a peur de mourir.

REINE.

Ie me resous pourtant sans effroy de souffrir
Les sanglots du trespas, plustost qu'vn Idolâtre,
Me range sous les loix de ses Dieux faits de plâtre :
Sans craindre son courroux, ie suis toute de foy,

Par le nom de Chreſtienne à mon ſouuerain Roy,
Que i'ay appris ſucçant le laiſt de ma Nourrice,
Qui du Ciel a receu cette illuſtre notice.   } Aſthere
                                                               { entre.

ASTHERE.

Niepce, l'on vous appelle au ſeruice des Dieux,
Où les reſpects d'encens s'enfument iuſques aux Cieux,
Vous differez touſiours par mépris d'aſſemblée,
Où deuriez la premiere eſtre la plus zelée:
Comportez-vous vn peu auec diſcreſſion,
Et vous releuez toſt de l'indeuotion,
Puis que les Aliſiens vous nomment leur premiere
Es meſme rangs d'honneurs, où eſtoit voſtre mere.

REINE.

Refuſans ces honneurs, accuſez-moy du nom,
De deſobeiſſante à voſtre Nation,
Et ſçachez en vn mot que ſi l'on me dit Reine,
I'aymerois beaucoup mieux qu'on m'appellaſt Chreſtienne,
Vous donnant à penſer que i'adreſſe mes vœux,
Au ſeul Dieu Createur de la terre & des Cieux.

ASTHERE.

Niepce? Niepce tout beau, il ne faut vous diſtraire
D'vn Pere vertueux.

REINE.

                                        Il ne ſçait pas la gloire,
Que la foy me promet en conſeruant mes vœux.

ASTHERE.

Rien ne vous doit toucher de ſi prés que nos Dieux,
Et par les Druydes ſaincts nous celebrons la feſte
Du grand Moritaſgus ſur ſes hautes conqueſtes.

REINE.

Ses progrés ſans vertus ſont qu nombre des morts,
Luy-meſme eſt aux Enfers oppreſſé de remords.

ASTHERE.

Ah Reine ! pensés-vous des immortels mesdire,
Helas pour vostre temps ! helas que ie soupire !
Que plustost à vos pieds me suruienne la mort,
Que de voir decocher sur vous vn seul effort :
De grace, s'il vous plaist, vne foy detractable,
Vous peut-elle engager au sort si miserable,
Que de vous separer ainsi de vos parens,
Et vous precipiter en la fleur de vos ans,
Qu'vn Seigneur signalé comme on voit vostre Pere,
Vous chasse de sa venë, & luy est si chera :
O Niepce que ie dis miracle des beautez,
Conseruez de vos iours les aymables clartez,
Et sans temerité permettez que ie touche
Vostre main de la mienne, & la porte à ma bouche.

REINE.

Non ne me touchez point, en vn mot le refus
Me prine de clarté de ne vous reuoir plus.

ASTHERE.

Ce seroit vous taxer & serions-nous en peine,
De vous sentir contraire où le deuoir nous meine,
Estre de sang illustre & en degenerer,
Car d'offencer nos Loix c'est ne vouloir regner,
Et difficilement pardonne-t'on tel crime,
Niepce ? il vaut bien mieux conseruer vostre estime.

REINE.

Toutes les qualitez desirées icy bas,
Esmises à vos grandeurs ne me seduiront pas,
Ie ne me plaist iamais à vos magnificences,
Faisans vn plus grand prix des sainctes iouïssances,
Ne m'importunez donc, & me laissez icy.

ASTHERE.

On vous diuertira de ce fascheux soucy,
Quoy faut-il que ie sois par vos chansons coupable,

Rapporteur ? malgré moy ? de tant & tant de fable,
Et faut-il aujourd'huy oublier la pitié,
Et qu'on sçache de vous toute infidelité.
Que ie meure plustost.

REINE.

Viuez, & allez dire,
Que i'attend pour mon Dieu volontiers le martyre.

ASTHERE.

Demeure un peu en suspend.
Helas beauté du iour voulez-vous éclipser,
Et vous belle Algeride osez vous accorder,
Qu'en l'estat des Chrestiens soit ainsi accroupie,
Sans croire que bien-tost ne tombe en resuerie.

ALGERIDE.

Monsieur ce n'est resuer de vous dire qu'aux Cieux
Il y a un Autheur bien autre que vos Dieux,
Et la seule raison nous fait assez connoistre
Le Createur du monde, & des enfers le maistre,
Auoüez donc aussi qu'on le doit confesser
Dieu seul, veritable, & les vostres trasser.

ASTHERE.

Les filles bien souuent des vanitez presument,
Et leurs esprits legers des feux volages allument,
Parlez tout autrement, & sçachez que ie puis,
Vous apprendre comment les crimes sont punis,

ALGERIDE.

Puis que la verité entre-nous vous offence,
Retirez-vous de nous & craignez sa puissance,
Par l'espoir d'un grand bien qu'en terre il a promis,
Nous attendrons pied coy les coups des ennemis :
Nos soins sont descouuerts à receuoir les pointes
D'acier ou autrement, voyez-nous donc sans crainte
Sous ce grand Protecteur dont la benignité,

Esleut

esleue les Martyrs à la felicité.

ASTHERE.

Ie proteste à ce coup vne iuste colere;
Si vous ne confessez les Dieux que ie reuere.

REINE.

La dispute n'est rien au prix d'vn vray combat,
Ce propos encore moins, s'il ne rend quelque éclat.

ASTHERE.

Vn deffit vous retient dedans vos arrogances?
On vous apprendra tost des traits d'obeissances.

SCENE III.

ASTHERE, CLEMENT, PROTINE, AMELIN.

ASTHERE.

IE demeure confus sur ce déreiglement,
Reine ne veut ouyr vostre commandement.

CLEMENT.

Elle m'obeira, ou qu'au lieu ie perisse,
Qu'elle quitte sa loy; ou bien qu'on la punisse.

PROTINE.

Rappellez la plus doux a ses humbles deuoirs.

CLEMENT.

Elle neglige trop l'accent de nos vouloirs.

ASTHERE.

Traictons d'vn autre point touchant le mariage,
Paulias est espris des traits de son visage.
Il ayme vostre fille.

                        Il l'ayme, ie le sçay.
L'on m'en a bien parlé, ie le connois parfait,
Comme ie l'aggrée fort au bien qui me regarde,
Mais la trop longue erreur de Reine me retarde.

B

Et l'obstination est encore à punir,
Ma fille desormais s'en pourra repentir,
Puis que le temps en vain y consomme vos peines.

PROTINE.

Et vous connoistrez des poursuites non vaines,
Vous disant qu'il vaut mieux d'vn visage serain
La rappeller, mais non ? d'vne verge à la main,
Peut-estre cette fille en son âge tendrette,
Encore ne pouuant vous paroistre discrette,
Se peut precipiter vous voyant en fureur.

CLEMENT.

Mon nom enuers mon sang monstre assez de douceur,
De trop flater vn mal, ce n'est pas vn remede,
Où dans la playe souuent la cangrene succede,
Taschez d'en appaiser la douleur, & guerir
Vn sentiment pressif à me faire mourir.

PROTINE.

Pour l'appeller à nous, & pouuoir sur son aage,
De la reduire enfin au nœud du mariage,
Ce braue Paulias, redoutable Guerrier,
S'attend à vos genoux d'estre son prisonnier,
Esclaue sous l'amour qu'il porte à sa maistresse,
Meritant d'estre ouys aupres de vostre Altesse,
Il ayme, il ayme Reine.

CLEMENT.

Il l'ayme, ie le sçay,

Son illustre renom entierement me plaist,
Et ie dray pour luy que sensible i'endure,
Les traits que Cupidon darde à sa geniture,
Et nul autre brazier ne sçauroit échauffer,
Reine d'vn fol amour qui la pût débaucher.
Le charme des Chrestiens l'endort & l'ensorcelle.

ASTHERE.

Et l'amour bien souuent les humeurs renouuelle,
Nous deuons assentir d'vne dexterité,
Vers ce grand Paulias qui s'en sent agité,
L'honneur d'estre receu deuant vostre presence,
D'estre vostre second, fils de vostre puissance,
Pourra conuertir Reine, & rendre ses amours,
Sous les Loix de nos Dieux aussi beaux que ses iours.

CLEMENT.

Ie suiuray ce conseil, & ie tiendray parole,
Ia le courroux me quitte, & la paix me console.

ASTHERE.

Traictons hastiuement, & posons tout en chef.

CLEMENT.

Veuille de Paulias assentir de rechef,
Arrester ses desirs à ce qu'il considere,
S'il veut estre mon gendre il m'aura pour bon pere,
L'vn & l'autre en vn corps sainctement attachez,
Rendront tous les hommages à nos Dieux offencez:
Ie l'entend, ie l'espere, & vous ma sœur Protine,
Destournez les vapeurs de cette humeur mutine,
Qui trouble les clartez de nos diuines Loix,
Et fait retentir l'air de mespris trop de fois,
Aussi cher frere Asthore aspirez à cette heure,
Au bien de Paulias, qu'il viue & s'en asseure.

ASTHERE.

Par ce bon reiglement veuillez me députer,
L'impatient m'attend pour se voir posseder,
Les chaisnes dont l'amour emprisonne les hommes.

CLEMENT.

Assarez-le tousiours, & surqnoy nous en sommes.

PROTINE.

Sans point violenter par vn doux entretien,
Reine viendra vers vous consentir à ce bien:

Allez vous reposer , & sçachez que l'affaire ,
Reüssira de ma part auec toute gloire ,
Mon sexe vous promet par nos Dieux & le iour ,
Qu'elle s'endormira sur le sein de l'amour ,
Et de noüueaux resueils se verra reconnoistre ,
Sous la digne amitié que luy faite paroistre :
Elle n'est que trop craintiue au regard de vos yeux ,
Mais ie sçay des attraits qui sont moins furieux ,
Les caresses aux enfans sont souuant salutaires ,
Ce qui fait qu'ils se rendent aussi-tost à complaire ,
Et se voyans enfin dans vne liberté ,
Representent des faits loings de leur puberté.

CLEMENT.

Ma sœur , le tout soit fait par vostre bien-veillance ,
Contentez Paulias en son impatience.
Adieu.   PROTINE.
              Ie vas à elle assez doux l'accoster ,
Et d'vn front gracieux à l'instant luy parler.

SCENE IV.

PROTINE, REINE, ALGERIDE.
PROTINE.

Niepce , il est donc temps de vous montrer fidele ,
 Pour ne vous accuser de crime de rebelle ,
Et vous faire sçauoir d'vn langage plus doux ,
Que l'on tient Paulias vostre futur Espoux ,
L'vn des premiers des Gaules , & qui fait bien paroistre ,
La saicte affection que vos beautez font naistre :
Ne vous effrayez point , courage mon cher cœur ,
Vous estes son Soli : , sa ioye , & son bon-heur ,
Ayant fait choix en vous de sa noble partie ,
C'est luy qui doit chasser vostre melancolie :
Et moy vous asseurant que ce braue Gaulois ,

Se vint rendre pour gendre en la maison d'Auxois,
La resolution sur le tapis couchée,
Vous rend à ce Seigneur par nos mains attachée,
Et d'vn libre vouloir de l'vn & l'autre aussi,
La mesme affection sera vostre soucy.

REINE

Ie n'ay soucy qu'en Dieu, que tousiours ie medite,
Et que vous ignorez.   PROTINE

                                        Ainsi que vous le dise
On vos pensers tousiours se pourmenent en ces lieux,
Sous vn obiet trompeur qui vous voile les yeux :
Et sçachez, ie vous dis, qu'auiourd'huy la puissance,
D'vn Pere enuers l'enfant doit former l'alliance,
Ce que vous ne pouuez relascher au refus,
Dont ce Galileen ne vous retiendra plus.

   Quoy de plus signalé qu'vn Seigneur d'haute estime,
De pareille naissance, & de sang magnanime,
Dont les bras de pouuoir, & le front de vertu,
S'exalte sur tous autres en beaux faits reuestu,
Et vous estant le cœur de ce grand personage,
Prenez possession de tout son aduantage,
Luy n'ayant rien en luy que dépendant de vous,
En possedant ses biens, l'honnorant pour Espoux.

   Ma Niepce, il est donc temps de penser en vous-mesme,
D'aymer infiniment vn Seigneur qui vous ayme,
Sur ce mot respondez, desirant de le voir,
Que sur ce propose il ne faut qu'vn vouloir,
Et tousiours par respects n'auoir de consequence,
Qui vous puisse alterer ès yeux de sa presence,
Afin que vos beaux noms soient inscrits dans les Cieux,
Et estans mariez soyez benits des Dieux.

REINE.

Helas pauure entretien ! helas foible fortune !

C'est vne paille au vent su les flots de Neptune,
De quoy me parlez-vous, de tout ce qui m'annuie,
D'vn allechement faux qu vous trompe & seduit.
Tranchez d'autres entretiens à vous prester oreilles
Paulias & ses biens ne sont pas des merueilles,
A l'egard d'vn Espoux ayant sur tout pouuoir,
Qui de son seul plain-gre le Soleil fait mouuoir :
C'est mal-vser le temps de penser me distraire,
Mon cœur est tout en luy, immole à sa gloire,
L'espoux de pureté, le seul independant,
Soustenant l'Vniuers, & tout son dépendant.

PROTINE.

Frappée au mesme point que vous estiez à l'heure
Qand vous auez quitté la rustique demeure,
Leuez-vous dauantage au point de vostre estat.

REINE.

Ah ! que sens-ie.

ALGERIDE.

Ma Reine.

REINE.

　　　　　　　　　　　Vn furieux combat,
Vn Dragon deuant moy, vn Cerbere à trois testés,
La chair forge le monde, & l'Enfer des tempestes,
Mais toutesfois le Ciel en ce qui luy plaist mieux,
Garde de belles roses en des lieux espineux.

PROTINE.

Ce délice souuent choque vostre pensée.

REINE.

Et Vous équiuoquez dessus ma destinée.

PROTINE.

Reine mon cher soucy, c'est trop perseuerer.

REINE,

Ie ne dis rien icy qui vous puisse offenser,

Au contraire, ie veux pour payer vostre peine
Inuocquer ce grand Dieu, que vous mouriez Chrestienne.

PROTINE.

Quoy supporter ce blasme inégal au tourment,
Ce crime si enorme, & tel aueuglement,
Non, non Niepce, il faut que vous puissez à gloire,
Cette presumption? mais plustost de vous taire,
Sçachez que vostre Pere en vn tel poinct d'honneur,
Sçaura vous appeller, par force ou par douceur.

REINE.

La force ou la douceur soit mon indifrence,
Algeride.

ALGERIDE.

Ma Reine il ne faut de balance,
A cet iniuste prix, & non plus escouter,
Cet entretien leger taschant a vous tromper.

PROTINE.

Ainsi les vains propos enseignent vost e maistre.

ALGERIDE.

Ce seroit vn grnd bien si vous sçauiez connoistre,
Par tels enseignemens sa doctrine & sa foy,
La cause du salut, la grace de sa loy,
Helas que l'entretien vous seroit salutaire,
Et qu'vn tel changement vous tourneroit a gloire,
Et d'vne belle mort à l'immortalité,
Suiuez-nous, & croyez en vne Deité,
Madame escoutez-nous.

PROTINE.

Il n'est pas raisonnable

SCENE V.

ASTHERE, PROTINE, REINE,
ALGERIDE.
AMELIN Page entre apres.

ASTHERE en entrant.

C'Eſt trop vous arreſter :
Aupres d'vne opiniaſtre, il faut l'abandonner,
Où abbaiſſer l'orgüeil de cette temeraire,
L'ennemie de nos Dieux, de l'honneur, & de gloire,
Le droict de la Iuſtice interdit ſa pitié,
Quand on regrete trop deux offence l'amitié.
C'eſt trop vous arreſter au dire de cette fille,
C'eſt vn eſprit perdu, vne noble inciuile :
Bref abandonnons-là, & ſoit l'impunité,
Par vn Pere Clement auec ſeuerité :
Vous auez trop tardé de ne la pouuoir vaincre,
Auſſi à deſormis vous ne deuez la plaindre,
Car l'inegalité de ſes farouches humeurs,
Des yeux de ſes parens tirera mille pleurs,
Mal en arriuera ie predis l'infortune,
Où par les immortels changera ſa fortune.

PROTINE.

Ainſi le permetira ce grand Courrier des Cieux,
Ordonnant la clarté aux flambeaux radieux,
Et celuy qui ſur l'e au fait gronder les tempeſtes,
Et ce Dieu des combats le Pere des conqueſtes,
Et les autres Dieux le permettront auſſi,
Pluſtoſt que de la voir au beſoin de mercy :
Attendez donc de moy iſſüe de cette affaire,
La douceur cauſera ce que n'en voulez croire.

ASTHERE.

Hé quoy ? qu'elle raiſon, eſt-ce à tort que ie croy :

Que sa perseuerance off‑nce nostre Loy,
Son infidelité, aussi sa foy legere,
Soit droite ou desauen qu'elle fait à son Pere.

PROTINE

Ie ne l'accuse point, & vous dis à present,
Que ie sçay comme vous son fardeau trop pesant,
Se rendant du party d'vn Dieu immaginaire,
Mais dites‑moy comment ie l'en puisse distraire.

ASTHERE

Par des viues rigueurs, & en suiure les faits,
Vous luy seruez de mere, elle vous doit respects,
Autrement ? c'est souffrir vne trop grande iniure.

REINE

Et vous desauoüant ie ne suis point pariure,
Ie mets bas les honneurs rendus à vos faux Dieux,
Puis que ie vous maintiens qu'ils sont chassez aux Cieux :
Par cette verité alterez donc vostre ame,
Iettez‑moy dans ces fleuues, où me percez de lame,
Quoy que née en ce lieu m'arriue donc la mort,
Desirée des Martyrs à l'inuincible effort :
Il ne m'inporte point ? quoy que de ma naissance,
Ie sois fille de Grand, i'en pers la connoissance,
Car mon plus grand bon‑heur qui m'a fait naistre en l'au,
Me fera viure au Ciel par la clef du tombeau,
Portant dessus le front la marque du Baptesme,
Pour peindre de mon sang vn sacré Diadesme,
Le dot en est plus sainct que de mon Geniteur,
A garder ce grand bien il ne faut de tuteur.

ASTHERE

Ie ne puis que respondre à vos contes friuoles.

REINE

Mes contes tiennent vn Dieu, & non pas vos Idoles,
Allez, où vous entend, Amelin vient à vous.

ASTHERE.

C'eſt bien à ce ſuiet qu'on marché deuant nous,
Page ? es-tu chargé de nouuelles agreables.

AMELIN.

Ie viens de voir entrer l'équipage honnorable,
Du Seigneur Paulias. Monſieur on vous attend.

ASTHERE.

Hé bien qu'en dirons-nous.

REINE.

Il vient perdre ſon temps,

AMELIN.

Et luy-meſme entre apres reueſtu de conqueſte,
Pour la ſolemnité d'vne nouuelle feſte,
Par vn contract paſſé és cahiers de la Cour,
En lettre d'or pour luy, comme pour voſtre amour,
Reſte au conſentement à ſigner aux parties.

REINE.

Pluſtoſt cent fois la mort, euſſe-ie autant de vie,

ASTHERE, la prenant par la main.

Allons c'eſt trop tarder, vous direz vos raiſons,
Ou la punition vous ſera de faiſon.

REINE.

Encore permettez que d'vn mot Algeride
Ie conduiſe là bas, dans la prairie humide,
C'eſt pour nous ſeparer : helas ! ô Dieu helas !
Qu'vn deſtin des Martyrs nous ouure le trépas :
Adieu mon cœur, adieu, adieu chere compagne,
Ie vous dois reconduire au bas de la montagne.
Vous me le permetirez, retournant auſſi-toſt
Que nous aurons funy quelque petit propos.

ALGERIDE.

Helas le cœur me fault, & d'effroy me pantelle,
La ſeparation me transperce & bourrelle.

REINE.

Consolez-vous mon cœur, la fidéle amitié
Nous lient estroittement.

ALGERIDE.

                 Vn regard de pitié
Me cause mille ennuis, voyant bien que la force,
Vous choque par fuzil sur la puante amorce.

REINE.

Non, non, mon cœur en Dieu n'y prendra iamais feu,
Fassent ce qu'ils voudront, c'est de la peine à eux
Et vous aurez bien-tost nouuelle de l'affaire,
Que toutes leurs fureurs ne me peuuent distraire.

    Luy parlant à l'oreille quelques mots.

Allez vous reposer au lieu ou vous sçauez,
Et vous apprendrez tout dans deux iours écoulez.

SCENE VI.

ASTHERE, PROTINE, REINE, CLEMENT,
entre apres auec ARTOCLES.
ET PAVLIAS.

ASTHERE.

Titan comme enuoyé du grand Phœbe son pere,
  Dissipe les brouillards en versant sa lumiere,
Et vos yeux esclairans chassent l'obscurité,
Qui formoit depuis peu vne difficulté.
Or donc reuiendrez-vous à la voye amiable,
En ne refusant pas vn Amant fauorable,
Aggreez maintenant, que d'vn respect pareil,
Descende dessus vous l'ardeur de ce bel œil,
Reuerberans ses rais eschauffera vostre ame,
Conioïnte à son sainct feu par l'vne & l'autre flamme,
   Ainsi vos cœurs en vn, entrelassez d'amour,
Passeront suffisans pour miracle a la Cour,
Ayant assez fait voir, que de certains augures,

Vous empeschoient d'ouyr nos voloniez tres-pures,
Vous voulant retenir de rendre aux immortels,
Tous les humbles deuoirs deuant leurs saincts Autels.
Reuenez donc a vous, & croyez vostre pere,
Vostre Tante vous doit icy seruir de Mere,
Et la soûmission vous causera vn bien,
Par ce grand Paulias qui vous herite du sien:
Venez donc, approchons du donion agreable,
Desia tout occupé d'équipage honorable:
Voyez qu'elle beauté.

On leue vne Tapisserie.

ARTHOCLES CLEMENT. PAVLIAS
entre.   PAVLIAS.

Ah! beau tein nompareil.
Qu'elle diuinité me fait voir ce Soleil,
Ces beaux yeux tant de fois desirez de mon ame,
Ce visage parfait, qui me touche, & m'enflamme,
Et les attraits puissans qui brillent de ses yeux,
Peuuent bien captiuer les esprits glorieux,
Mais les chaisnes adorables en me chargeant des peines,
Ne se montrent a mes a mes yeux nullement inhumaines,
Ne m'apperceuant pas que ie puisse souffrir
Sous le ieug de l'amour me venant secourir:
La constance prend temps des appas fauorables,
Ne rendant d'aucun point le amans miserables,
Et en perseuerans tenans quelques propos,
Trouuent leurs Medecins prests a guerir leurs maux,
Beauté donc ie connois maintenant que les charmes,
Viennent a me combatre & me donner des armes,
I'espereray le prix, & la pointe, & l'amour,
Et la victoire en vous sera mon lustre & iour,
De consequent nos ames en cette simpathie,
Iouyront des deux costez vne belle partie.

Indissoluble en nous, & qu'on ne peut nier
Ce que les deux égaux ne doiuent refuser.
Acceptez, ô beauté, que pour vn Dieu i'adore,
Consentant au contract que l'assenbée honore.

REINE.

Ie ne suis point Soleil, ie n'ay point de chaleur,
Et cette qualité ne sied à mon honneur,
Car le Soleil brillant qui éclare mon ame,
Ne permettra iamais qu'autre que luy l'enffamme,
Tous respects luy sont deubs, adorable luy seul,
Ayant couuert en Croix la Nature de deuil,
Et dessus les Enfers triomphant dans la gloire,
Mesme dessus la mort reuestu de victoire,
Et ce Dieu des armées est le Maieur des Roys,
Soustenant en sa main Cieux & Terre à la fois:
Ie suis sa prisonniere, & d'vne chaisne faicte,
Il me tient tout à luy en viuant sous sa craite,
C'est ce qui me deffend d'aymer vn autre Amant,
Connoissant mes deffauts depuis le Firmament,
Par les yeux de la foy sa loy m'est enseignée,
Ie le sçay, ie me tiens en cette destinée:
Et comme ie le croy Dieu, ie dois l'adorer,
Se faisant dans les Cieux des Anges respecter,
Et sous luy les Enfers dedans l'orreur flechissent,
Comme les iustes & bons en luy se réiouyssent.

PAVLIAS.

C'est ce Galiléen qui touche vos esprits,
Ce Dieu Roy des Iuifs, & qui fut leur mespris,
Et qu'on rendit enfin dans vn tel esclauage,
Qu'vne cruelle mort luy reuient en partage.
Ma Reine croyez-vous qu'vn Dieu puisse souffrir,
Et se dire immortel quand on le voit mourir:
C'est faire à nos grands Dieux vne trop lourde iniure,

De les croire debteurs au tribut de Nature :
Non, non, Madame non ; cela ne se peut pas,
Ils sont sans horoscope, & n'ont peur du trespas,
La superbe Sion leur rend tous les hommages,
Et ne les tiens iamais subiets a nos dommages,
Si bien que vostre foy ne sçauroit empescher
Le bon-heur qui m'accueil, d'icy vous saluer :
Iugeons donc que l'amour a des poincts difficiles,
Ne voulant qu'on l'offence en des cas inciuiles,
Et que pour arriuer où buttent mes desirs,
Vn amant vertueux doit marcher à loisir.
Madame pardonnez, si d'vne haute entreprise,
Ie me rend prisonnier en la Cité d'Alise,
Rendant ma liberté enchaisnée deuant vous,
Mais non pas criminels à des iustes courroux :
Sa chaisne l'amour de vos yeux adorables,
Et ma captiuité, vos feux incomparables :
Acceptez maintenant ce prisonnier reduit,
En l'estat d'estre ouy, où sa foy le conduit.
Vostre beauté luisante, ô ma saincte Deesse !
Me tiendra scruteur d'vne illustre Princesse,
Comme ie suis icy estroitement lié,
Au vouloir d'vn Seigneur qui m'attend alié.

REINE.

Seigneur vos volontez sont autres que la mienne,
Ne consentant iamais à la secte payenne,
Et de plus i'ay voüée ma chasteté à Dieu,
Qui regne sur celeste, & m'entend en ce lieu,
Me gouuerne & tient en humble creature,
Et moy le receuant autheur de la Nature,
Vous vous dites captifs ? non non ie ne vous tiens,
Prenez la liberté, & rompez vos liens.

CLEMENT.

Ma fille sur ces mots il vit en esperance,

Qu'auiourd'huy sans delay composions alliance.

REINE

L'entretien en est vain, & tant de compliment
S'en retourne en fumée a mon consentement.
Excusez-moy, Seigneur, si de vostre entreprise,
Vous ne me destachez des doux bras de l'Eglise:
Iamais tels feux d'amour enuers moy n'ont paru,
Qu'à l'égard de mon Dieu, espoir de mon salut.

PAVLIAS.

Lumiere de mes iours, seul obiet de ma vie,
Le regard de vos yeux estroittement medie;
Ie veux mourir en vous aymant fidellement,
Ou que la mort icy m'engage au monument.

ARTHOCLES.

Pucelle consentez au vouloir d'vn bon Pere,
Et entendez les voix d'amour & de priere,
D'vn amant vertueux que vos yeux tiennent icy.

REINE

C'est plustost ie vous dis par vn fascheux soucy,
Veu qu'inutilement il consomme ses peines.

ASTHERE.

Vous ny reconnoistrez que des carresses humaines.

REINE.

Ie n'y connoistray rien qui plaise à ce grand Dieu,
Et vos Loix & vos Dieux putrifient tout ce lieu.

ARTHOCLES.

C'est icy par mes mains que vos flammes amoureuses,
Se doiuent reserrer de trousses glorieuses,
C'est icy que ma voix accomplit les desseins,
Dessous quelques propos que ie profere saincts,
Quand les consentemens sont connus tributaires.

REINE.

Hé bien par mon refus, ny a plus rien à faire,

Reglez vos paſſions, & laſchez deſſus moy
Vos feux, vous me verrez inebranlable en foy,
I'eſpouſe ce grand Dieu, du ſalut l'eſperance,
Ce Pere des vertus, ſeule, & diuine eſſence,
Sans principe, ſans fin, & cette Eternité,
Ayant creé l'Vniuers par ſon immenſité.

ARTOCLES.

O fureur ! ô mal-heur ! ô reparut eſtrange !   } Reine
Deitez ? faite voir à Reine qu'elle change.   } s'enfuit.

CLEMENT.

Inſenſibles humeurs, eſprits trop déreglez,
Execrable auorton de naiſſance aueuglez,
O mort auance donc par cette lame aiguë,
De percer ou le Pere, ou l'Enfant qui le tuë   { Clement

PROTINE le ſouſtenant.

Mon frere bien-aymé ! hé reprenez vos ſens,   } le flant du
Vous palliſſez.   } plombeau
   } de ſon eſ.

ASTHERE.

                    Mon Frere va mourant.   } pée, &

CLEMENT.

Ie meurs.   } tobé paſ-
   } mé

AMELIN.

O Dieux ſecours, helas qu'elle auanture !
Il eſt bleſſe aux reins, horreur de la Nature,
Il ſemble qu'il ſoit mort, Monſeigueur, Monſeigneur.

ARTHOCLES.

Helas, Seigneur Clement.

CLEMENT.

                    Ie me meurs de fureur,
Courez apres Meſſieurs ? ſus Page qu'on l'attrappe,
Que du tranchant luiſant iuſques au cœur ie la frappe,
Croit-elle ſe ſauuer de mon iuſte courroux,
Elle n'euitera pas la mort d'un premier coup.

PAVLIAS

Ie ne seray l'obiet d'vne fin mal-heureuse,
Descendray-ie plûtost en la gueule odieuse,
Plûtost cent mille fois, que de la voir mourir:
L'aymant de seine cœur, ie ne sçaurois l'haïr,
Ie prieray que les Dieux luy fasse tant de grace,
Qu'elle puisse euiter les faits de la menace.

SCENE VII.

REINE, s'enfuyant se cache dans vn
Ormeau.
CLEMENT, ASTHERE, AMELIN,
courent apres.

REINE. STANCES.

EN m'enfuyant ie vais aux coups,
D'Alize broussant cette plaine,
Mon Pere me chassant en courroux,
Taschant de me rendre Payenne:
Mais l'amour que i'ay pour le Ciel,
M'embraze d'en boire le fiel:
Puis que Dieu me promet la couronne de gloire,
Mon cœur vise bien a ce prix:
Si bien qu'a la fin la victoire,
Paroistra sur mon corps quand il sera occis.
Doux IESVS quand viendra le temps
De me baigner au sainct Martyre,
Auec passion ie l'attends,
Plus ardamment ie ne puis dire,
Vos vestiges ont fait le sentier,
Ie les suis, i'y veux assigner
La clarté de mes yeux a vostre saincte gloire,
Vos Saincts dans la felicité
Reconnoissent en vous leur victoire,

C

Vous chantant le tres-sainct Roy d'immortalité.
   Permettez Seigneur qu'aujourd'huy,
  Ie dise adieu à ma Nourrice,
  Puis que mon Pere me poursuit,
  Par vostre amour m'ouure vn supplice :
  Ie ne craindray pas les tourmens,
  Dessus vos feux bouillent mes sens,
Et l'ardeur de mourir entierement m'enflamme,
   Quittant volontiers la Cité,
   Qui ne peut engager mon ame,
Attendant vn loyer de vostre immensité.
  Helas Seigneur, helas ! à l'aide ie suis prise ?
Ie voy qu'on me poursuit à la sortie d'Alise,
Mais ie voy que le Ciel sur l'vn de ces ormeaux,
Se montre fauorable à me fauuer des maux.

CLEMENT.

Cherchons de toutes parts où elle s'est cachée,
Et tirons la raison de cette ensorcelée.

ASTHERE.

Sa coëffe & son mouchoir elle laisse en chemin,
Fuyant d'vne vitesse au mal-heureux destin.

CLEMENT.

Passe-t'elle desia ce verdoyant feuillage,
Se croyant asseurée en ce prochain village :
Mais i'apperçois que non, & qu'elle icite le sort,
Sur l'vn de ces Ormeaux la fauuant de la mort.

ASTHERE.

Quoy qu'vn Orme immobile en son tronc la retienne.

CLEMENT.

C'est vn charme commun à la secte Chrestienne,
croy que les demons sont autheurs de ce fait,
que dans cet Ormeau recelent se forfait :
feu, aux armes, amis, aux instrumens qui coupent,

Que la boüe enragé de son sang plaine coupe.

AMELIN.

Voyez son vestement qui nous l'enseigne icy.

CLEMENT

Ouy, certes, ie l'ay veüe premier que toy aussi ;
Allumons des brandons à brusler cette tige,
Afin de mettre fin au suiet qui m'afflige.

CLEMENT, ASTHERE, ET AMELIN.
s'en retournent prendre des haches & du
feu pour brusler l'Orme.

REINE sortant de l'Orme.

Qvi peut donc resister à Dieu,
Sa puissance est nompareille ;
S'en est vn effect en ce lieu,
I'annonceray cette merueille ;
Sa bonté sur moy se fait voir,
Et que tout tient à son pouuoir ;
Que ces Ormes feuillus luy doiuent obeïssance.
Se fondant iusques au cœur pour moy,
Acte prodigieux de sa mesme clemence,
Seruant de flambeau de la foy.
Ie voy par là qu'il n'est pas temps,
Qu'vn Pere fier, plein de cholére,
Me fasse sentir les tourments,
Que tous ses faux Dieux luy suggerent :
Cét Idolatre en son erreur,
Menace les Cieux d'vne fureur,
Croyant rendre changé mon cœur muny de force ;
Comme i'ay le Baptesme sainct ;
L'amour de Dieu me donne vne puissante amorce,
Me plantant son dard dans le sein,

C 2

Ie verray ma Nourrice & luy feray entendre,
Ce qui m'eſt arriué quand l'on m'a voulu prendre.

CLEMENT, ASTHERE, ET AMELIN,
entrent auec des haches & des brandons
de feu pour bruſler l'Ormeau.
CLEMENT.

Av feu, c'eſt à ce coup que tu mourras icy,
Et ta temerité n'aura point de mercy,
Tu n'échapperas point.

Il voit l'Orme ouuert & vuide.

                    Mais quoy, maudite fille,
T'éuade-tu de nous Magicienne ſubtille.
ASTHERE.
O ſort prodigieux cet Ormeau eſt ouuert,
Quel Diable à l'en tirer eſt ſorty de l'Enfer.
CLEMENT.
Ce cas preſque incroyable inceſſamment m'eſtonne,
Ie crains qu'vn autre ſort icy ne vous tallonne,
Allons pour l'atrapper nous prendrons autres temps.
AMELIN.
Ie puis icy veiller à vos commandemens.
Banderay-ie ma courſe en ces prochains villages,
Eſpiant finement où elle fait ombrages :
N'en ſoyez en ſoucy du iour au lendemain,
Ie ſurueilleray tant que i'y mettray la main,
Gageant de ſa perſonne & à vous la reſoudre,
Ne m'eſtonnant de rien de bien-toſt la diſſoudre,
Et pourray-ie ſçauoir le villageois ſecret,
La penſant receler outre voſtre decret :
Apres vn beau ſemblant d'amour & d'hardieſſe,
Pourrez eſtre aduertis d'vn tort de gentilleſſe :
Ie iure par les Dieux de l'auoir ou perir.

Puis que sous vos pouuoirs ie suis Page à seruir,
En peine n'en soyez, ie vous donne asseurance,
D'vn pas prompt & leger ie vas en esperance.

TROVPPES DES FILLES D'ALIZE
COEVRS.
IVLIE.

Grand Dieu confortez nos esprits,
Voyant que Reyne tire à ce prix,
Incomparable sur la vie,
L'amour diuin luy fournit tout,
La conduit, & deffend des coups,
Et par l'Orme de tyrannie.
Ma connoissance est maintenant
En cet exemplaire puissant:
Toutes fureurs ne sont à craidre,
Tres-chere Amerienne courrons,
Et Dieu tout-puissant confessons,
Gardans la foy rien à plaindre.
Iusques à la mort le zele est fort,
L'amour triomphe auec la mort,
L'amour d'vn Dieu incomparable,
Et declamant pour la vraye foy,
Tenons cette puissante loy,
Sa doctrine est tres veritable.

AMERIENNE

Benissons vn fait merueilleux,
Est-il pour nous tombé des Cieux,
Notoire sur l'Ormeau en signes,
Il estonne les esprits,
Grandement des Payens surpris,
N'en disant ce qu'ils en machinent.
Et s'enflans d'ire & de courroux,
Deschargent leur feux & leur coups.

Voulans couper & brusler l'Orme,
Grissans les dents en furieux,
Retournans confus & honteux,
Vont a leurs sacrifices énormes,
Et sans considerer qu'ils prophanent le lieu,
Qu'ils deuroient tenir sainct à la gloire de Dieu.

COEVRS DES CITOYENS
nouueaux Chrestiens.

ARCORIDE Citoyen Senateur.

Il faud'oit demander aux Druydes,
Voir epulcher leurs pensée vuides,
Leur foy, leur loy, quels sont leurs Dieux,
Ils tienne follement, qu'ils goüuernent les Cieux,
Et ne pouuans aucun miracles,
N'ont iamais de repos, ny leur tourment de fin.
Toutes ces deitez d'ostacles,
Ionchées dans les Enfers sous vn seul bras diuin.
Est-ce pas estre miserables,
Rendre à des Dieux abominables
Sacrifices, & les tenir saincts,
Où les esprits deceus par leurs offres vilains
Trempent eternellement és flammes.
Helas! l'Eternité, est vn terme-bien long,
Et combien y descendent d'ames,
Qu'on n'entend lamanter en des lieux si profonds.

AMINDAS Senateurs.

Ioignons par cette foy nos ames
A celuy qui commande aux flammes,
C'est trop tarder soyons Chrestiens,
Que craignos-nous pour Dieu, Druydes abuseurs payens
Voyons-nous pas l'idolatrie,
Enflée de puanteur, d'haleine des demons,
Sans plus ouyre à leur perfidie,

Ce grand Dieu des Chrestiens nous fasse à tous pardons.
    Vnissons-nous tous d'hardy courage,
    L'amour d'vn Dieu est nostre autage,
    L'exemple (Reine) à nos destins,
Elle fuit suiuons-la, & les secours diuins,
    Ne manquoient, la foy l'asseure,
Et l'Orme que nous voyons en sert bien d'extraicts,
    Tel fait surpassent la Nature,
Mais le Maistre de tout se montre par tels traits.

CLAVDIAN Senateur.

    Bon Dieu que ce fait admirable,
    Est à la Nature notable :
    Nos iours le doiuent retenir,
Iamais donc mon esprit n'en perd le souuenir :
    Gardant en mon cœur cette marque,
Ne manquant ny de foy ny de courage entier,
    En confessant ce grand Monarque,
Patir tous les supplices & m'y sacrifier.
    Esperance y est infaillible,
    Tout mal-heur ny est plus nuisible,
    Immortalité c'est tousiours,
Tellement que pour Dieu ie n'ay plus d'autre amour.
    O Tout-puissant ie te reclame,
Taschant d'vn cœur contrit d'obtenir le pardon,
    Des pechez accablans mon ame,
Reioüissent les Cieux de ma conuersion.

Fin du premier Acte.

ACTE II.

SCENE PREMIERE,

ALICRISTE, REINE, ALGERIDE

REINE.

Eeceuéz-moy icy mon aymable Nourrisse,
Que de vos doux appas encore ie iouysse,
Algeride ie suis aprés vous mon bon-heur,
A qui rien n'est caché des secrets de mon cœur,
Ie suis l'haine d'vn Pere, & ma seule innocence,
Tient & la mort & la vie auec indifference,
Sans surseoir deuant vous vn cas tout merueilleux
Arriué depuis peu en vn lieu ombrageux,
Mon Pere me chassant de mon natal d'Alise,
Iusques vers les Ormeaux me tenant presque prise,
L'vn d'iceux se fendant ie m'ay ietté dedans,
Pour éuiter les coups qui m'alloient menaçans.
Le furieux voyant qu'il ne pouuoit m'atteindre,
Ny trouuer le moyen de son courroux esteindre,
Rebroussant contre-mont la voye de la Cité,
Chercher des coupes bois à m'oster la clarté,
Reuint en apportant du feu, hache, & coignée,
A mettre par billon l'Orme ou i'estois serrée:
Ie me suis eschappée de son affreux courroux,
Ainsi qu'il se pensoit de me tüer d'vn coup,
La sainte Prouidence en iugeant de ce Pere,
M'ayant des ma naissance aussi priuée de Mere,
Me remit au dehors de cêt arbre moussu,
Faisant veoir aux Payens vn traict de sa vertu.

J'ay suivy mon chemin, & m'estant esloignée,
Ie vis donc qu'il couppoit l'Orme à coup de coignée,
Et voyant qu'au dedans alors ie n'estois plus,
Luy & ses adherans retournerent confus.
L'extraict de vos leçons m'a rendue si certaine,
Que ie veux volontiers mourir en foy Chrestienne,
Ayant fuy les huis des vilaines prisons,
Où il me vouloit rendre à ses soûmissions,
Par vn nœud disoit-il d'vn Noble Mariage,
Aux droicts de Paulias genereux personnage,
Mais la chaste amitié que ie voue à mon Dieu,
Me fait quitter tous biens, & m'appelle en ce lieu.

ALICHRISTE.

Quoy donc cher Enfançon estes vous si discrette,
Que de bien discerner le gain d'auec la perte,
N'aguiere qu'on vous a retirée de mon sein,
Que ie vous ay appris vn exercice saing,
A croire en vn seul Dieu assez intelligible,
Touchant ce qui pouuoit regarder mon possible,
Allaictée de mon laict auec vne douceur,
Soubs les preceptes Saincts de nostre Redempteur,
Hé bien la verité vous est-elle connuë,
Auez-vous de la force assez entretenuë,
Continuez tousiours de voüer vostre amour
A Dieu, & sans mesfit de son diuin secours :
Lors que les furibonds vous chasseront pour proye,
Ne vous égarez point de l'infaillible voye,
Et qu'en vous ce beau Lys soit aussi frais, & sain,
Qu'on ne le puisse pas ternir de vostre sein :
Ce Lys de pureté qui vous rend si parée,
Dont la beauté en vous se fait voir adorée :
Tenez la main dessus, ne le laissez point cheoir,
Ne croyant point en vous, noblesse ny pouuoir,

Mais que le Ciel en fin tempere voſtre attente.

REINE.

Ie tiendray en mourant touſiours ma lampe ardante.

ALICHRISTE.

Le diſcours en eſt beau, il s'en fait ſouuenir.

REINE.

Ie m'en ſouuiens ſi bien qu'il m'emporte à mourir,
Soit ainſi pour la foy.

ALICHRISTE.

                    Hé bien ma chere fille!
Voulez-vous donc ainſi le dire à Theophile.

REINE.

Tout ce qu'il vous plaira ie voudrois l'embraſſer,
Et vous deux à la fois iamais ne vous quitter.

ALGERIDE.

C'eſt auſſi mon deſſein eſtant noſtre refuge,
Et retenant de vous la loy de ce grand Iuge,
Et vous deux reconnus pour nos vrais nourriſſiers,
Quant au reſte touſiours nos aymables aumoſniers.

ALICHRISTE.

Tout vous eſt élargy, & ſous voſtre puiſſance.

REINE.

En noſtre ſainĉte Foy ne plaignez mon enfance,
Car attendant venir ſans reculer d'vn pas,
Les rigueurs du martyre, & ne m'enfuiray pas,
Dieu compaſſe mon temps s'il luy plaiſt que ie viue,
Soient accidens diuers, m'arriue qui m'arriue.

ALICHRISTE.

Et moy ſi vous voulez me voir en ces tranſports,
De vouloir triompher ſur de pareils efforts,
Vous reconnoiſtrez bien par la perſeuerance,
Que la mort nous renuoye où giſt noſtre eſperance,
Dieu nous deliure icy de la captiuité,

Quand on nous montre au doigt de l'infidelité,
Et tel mon sentiment, vray comme ie propose,
Il faut que sur la Foy nostre esprit se repose,
Les maux sont incensibles aux genereux Martyrs,
Dont les tourmens se changent en delices & plaisirs,
Car la Diuinité estant sur tout plus forte,
Allege incessamment ce qu'un Chrestien supporte,
Luy faisant voir de-prest tant de Saincts esleuez,
Dessus son tribunal, & par ordre arangez,
Ayans passé les maux, où l'on se laue à l'aise,
Ainsi que l'on entend chanter en des Fournaises:
L'obstacle n'est pas vain, sçachez que bien souuent,
Estonne les Payens bien plus qu'auparauant,
Et les voyant ioyeux au milieu des supplices,
Souuent tout à rebours eux-mesmes se punissent,
Quelques-fois aussi-tost arriuent leur bon-heur,
Que la conuersion s'empare de leur cœur,
Quoy qu'un Pere felon tienne estre vne magie,
En blasmans tels que nous dessous la tyrannie,
Dont les cœurs en souffrans plus heureux que plaintifs,
Sont escrits sainctement pour celebres captifs,
D'où la mort les deliure, & d'icy les dégage,
Ainsi le Paradis ouuert est leur partage.

ALGERIDE.

Maistresse il est bien vray, que vos monitions,
Nous montrent les degrez des sainctes passions,
Les Cieux nous soient tesmoins si nos ames sont lentes,
Qui iour & nuict voudroient ces peines violentes,
Et sans nous arrester à nostre iceune temps,
Mais que nostre destin est tout du Firmament,
Sçachans que les martyrs se iouent bien de leurs peines,
S'ils transpercent leurs corps, & tarissent leurs vaines,
Leurs sanglots pleins d'amour les esleuent és Cieux,

Et les rendant immortels quand ils quittent ces lieux
Ainsi semble-t'il donc, qu'au milieu des supplices,
Soient dans des beaux iardins tout à fait de delices.

ALICHRISTE.

Vous en sçauez assez mes amoureux soucis,
Et quant au temporel pour vous ce que ie suis,
C'est assez discourir, venez mes cheres filles,
Ie compare vos cœurs à des roches immobilles:
Puis que vous mesprisez icy bas les mondains,
Vous meritez desia des degrez sur-humains.
Allez vous reposer, entrez mes deux fidelles,
I'appelle Theophile à vos douces nouuelles.

SCENE II.
ALICHRISTE, ET THEOPHILE
entrent apres.
ALICHRITE.

ENfin comme depost & gages precieux,
Ce proprez vient de moy, & ie le tient des Cieux,
Ce qui ne peut faillir prouient de mesme issuë,
Grand Dieu que ces enfans à salut contribuent.
Maintenant ie connois que leurs propres desirs,
Armez pour la vraye foy, s'y comporte à plaisir,
Rendans vn témoignage au Printemps de leurs âge
Iusques à vouloir mourir pour vn sainct heritage,
Et ie voy bien du moins que fuyant la grandeur,
Pour Dieu se vont vestir d'vne basse couleur,
Où les plaisirs des champs ardamment les retiennent
Y viuans simplement à la mode Chrestienne,
Vrayment le Ciel fait voir vn glorieux destin,
Rendu aux plus petits d'vn coup (ie dis) diuin,
En suite du mespris qu'elle font de la vie,
Que Theophile vienne, & sçache leur enuie,

L'attendant sur ce poinct pour elles plain d'amour,
Les nommant à loisir la clarté de ses iours.
Ie le voy maintenant, auancez Theophile,
Et vous sçaurez comment Reine quitte la ville,

THEOPHILE.

Qu'est-ce que depuis peu vous auez entendu.

ALIGHRISTE.

Vn signe bien notable & marque de vertu,
Reine s'en est fuye hors la Cité d'Alise,
Qui voudroit la combattre au party de l'Eglise,
Ne voulant adorer ces fausses Deitez,
Mais plustost s'exposer en toutes aduersitez,
Estant donc poursuiuie à la pointe d'espée,
Par son pere idolastre au bas de la montée,
De prest comme il estoit vn Orme s'est ouuert,
Où elle s'est sauuée, & deliurée du fer :
Et ce fier furibond retournant sa carriere,
Allant prendre du feu à la mettre en poussiere,
Estant à quelques pas cet arbre se rouurant,
Donne la liberté à Reine & s'en sauuant,
Elle, passant les eaux, n'en craignant le naufrage,
Vient viure comme nous en ce petit village,
Paulias la vouloit par ses Dieux espouser,
Mais elle en Iesus-Christ l'a bien sçeu refuser :
Algeride auec elle au logis se repose,
Voilà donc le suiet que d'elles ie propose.

THEOPHILE

Grand Dieu soyez beny sur vos faits merueilleux,
Conseruez vos enfans, & qu'ils suiuent nos vœux,
De quelques heureux expoicts qu'elles ayent sur eux victoire,
Que tout soit referé à vostre seule gloire.
Ie me reiouys bien qu'elles viuent auec moy,
De tel bien que ie puis en gardans vostre loy.

Ma femme voyons Reine & la belle Algeride ;
Leur faifans des leçons de la foy qui nous guide
Et par nos vœux fecrets vueillons les déguifer
Sous l'habit de Bergere, & nous les affeurer,
C'eft fans les offencer, puis que par telle voye
Elles fe rendent icy auec tant de ioye :
Tout ce que nous pourront, les faincts enfeignemens
Leurs feront exercez fuiuant nos fentimens :
Pouffons-nous de raifon, & faifons que Nature
Contribuë dans ce lieu de noftre géniture :
Allons, c'eft trop tarder, ie les veux embraffer,
Et de mille baifers de refpects carreffer,
Clement ne l'aura plus, Paulias, ny Afthere,
Mais moy d'une douceur leur feruiray de pere,
Quoy que non fuffifant de puiffance & moyens,
Dieu fuppleera icy deffus nos entretiens.

ALICHRISTE.

Mon cher Efpoux, ie crains qu'un accident n'arriue,
Les voyez-vous defia le long de cette riue,
Prenans aupres des eaux leur doux ébattemens.

THEOPHILE.

Elles doiuent bien-toft chager d'habillemens.

SCENE III
THEOPHILE, ALICHRISTE, RINE,
ALGERIDE.
THEOPHILE.

IE vous voy maintenant, mes amours, mes delices,
Mes filles autant de fois que Iefus vous beniffe :
Approchez mes enfans ça que d'un cœur entier,
Ie vous puiffe humblement mon amour témoigner.

REINE.

Ah ! mon cher Theophile, ah ! que ie vous embraffe.

THEOPHILE

Sa maiesté. Roy le sauoir bien les graces,
Ie vie mesme s'approche a mon souhait
Lobiet de mon cœur, l'obiet de mes souhaits,
Soyez mille fois heureusement tousiours bien venüe,
Soit le vouloir Diuin qui gouuerne les mers,
C'est an iuste desir de vous voir en ces lieux **REINE**
C'est pour mieux mediter ce grand mystere des Cieux.

THEOPHILE

Vous pourriez vous passer a nostre vie rustique.

REINE

Ie connois bien que c'est une vie Angelique,
Où mes yeux se rendront libres a s'occuper,
Que les atraits mondains ne me pourront tromper,
Et ie dois bien vanter icy mon auantage,
Puis que l'amour de Dieu conure nostre seruage,
Vrefois commandez, O le pouuoir n'est vain,
Il faut vous trauailler sans attendre a demain.
Sachez qu'un noble estat ne m'a point mis de chaisne,
Ie veux donc obeïr, & me rendre a la peine,
En me de rudes fardeaux ne m'assoibliront pas,
Quand vous commanderez ie doubleray le pas,
Auec les respects que ie dois a nostre aage,
En me seruant au logis, & dans vos heritages.

ANTICHRISTE parlant a Theophile.

En ce dans son discours, connoissez les desirs,
Que deuise auec vous sont les plus grands plaisirs.

THEOPHILE parlant a Reine.

Contante mon souci, mais faites voute encore
A l'honneur du grand Dieu que les Chrestiens adorent.

REINE

Ie plaindray comme il faut, & mon intention,
Ie puis bien seruir Dieu sans occupation.

ALICHRISTE.

Helas ma chere fille ! en cette seruitude,
De vous laisser pener seroit ingratitude,
Les trauaux sont contraires à vostre noble estat.

REINE.

D'vn prouerbe commun ie luy donne du plat.

ALICHRISTE

Ah Seigneur quel propos ! qui vous soit agreable,
Qu'il ait son efficace, & soyez secourable.

ALGERIDE.

C'est vn sainct sentiment de s'y entretenir,
Vn estat trop mondain n'est à nostre desir,
Puisque les Courtisans nous perdent icy de veuës,
Comme ils croyoient ailleurs nous tenir despourueuës :
Mais vous qui autrement nous auez sous vos mains,
Nous reiglons nos plaisirs à suiure nos desseins,
L'extraict de passion donné de viues atteintes,
Où l'amour nous appelle, & contentes, & contraintes,
Et par tous les deuoirs qui nous lient icy,
La meditation d'vn Dieu, nostre soucy.

THEOPHILE.

Amours, chastes amours, amoureuses de gloire,
Vous semble-il desia auoir quelque victoire,
Mais les fers trop poignants qui logent en vos pensée,
Que vous ne craignez pas, peuuent bien esbranler :
Deguisez vous d'habits, & quittez ces parades,
Et des beaux vestemens les trompeuses mozades,
Car de vous voir icy dessous des clinquans d'or,
Pourriez estre connuës au profit de la mort.
Viuotions, euitons ces felonnies payennes,
Prians Dieu de benir nos volontez Chrestiennes,
Et que d'oresnauant nous dressions des Autels,
Pour y grauer les mots de nos vœux eternels.

ALICHRISTE les emmene.

SCENE IV.
THEOPHILE seul.

STANCES.

NOs deux Bergeres vont paroiſtre,
Es flammes d'amour de leur Maiſtre,
Sous des petits habits à garder nos troupeaux,
Helas ie diray donc que leur ſimpleſſe eſt faicte !
Puſque de nous ſeruir ſe regnent és trauaux,
   Leur vertu eſt fort bien depeinte,
Se ventant que leurs cœurs ſe rendront genereux,
      Pour ce grand Roy des Cieux.
      Qu'elle rage d'idolatrie,
      De Clement remply de furie,
De pourſuiure ſa fille au feu & au coſteau,
L'on doit bien croire icy que ſa main inhumaine
Se compare auiourd'huy à celle d'vn Bourreau,
      Mais par ſa bonté ſouueraine,
Vn Orme verdoyant l'empeſche & la deffend,
      Des armes du Tyran.
      Voyant qu'en vain prenoit-il peine,
      Et que ce tronc enfermoit Reine,
Tournant face aux cauteaux, remonta-t'il ſoudain,
Et ſon meſme courroux l'auoit à fer & flamme,
Ou bien à la bruſler, ou luy fendre le ſein,
      Enflé de cette meſme flamme,
Ou qu'elle rendiſt toſt le deuoir à ſes Dieux,
      Qui n'ont rien dans les Cieux.
      Plus ardamment elle s'engage,
      De tout ſon cœur ſous le ſeruage,
Meditant en ce lieu ce grand Roy immortel,
Celuy qui donne vie à toute la Nature,

D

S'estant rendu subiet dessous l'estre mortel,
    Comme vne simple creature,
Qui doit payer tribut à cette hideuse mort,
    L'embarquant sur son port.
      Maintenant que Reine eschappée,
    S'arrestant à sa destinée,
Mesprise sa grandeur pour la peine des champs,
Et ne recherchant plus que la vraye solitude,
Comme la liberté y est de temps en temps,
    Aussi ne peut-elle d'autre estude,
Qu'en contemplation sçait bien que pour le Ciel,
    Il faut boire du fiel,
      Que Paulias en peut-il dire,
    Sçait-il l'amant qu'elle desire :
Elle resigne icy sa franche liberté,
En prenant ses plaisirs dedans la seruitude,
Et viure comme nous en mediocrité,
    Mais ne changeant point d'habitude,
Voüe sa virginité au Createur des Cieux,
    En niant les faux Dieux.
      Ainsi ne peut-elle complaire,
    A ce pere tortionnaire,
Offençant tant de fois la seule Deité,
Elle quitte la Cour en se rendant pauurette,
Foule aux pieds ses habits, & la superbité,
    Que son amitié est discrette,
Et aymant Dieu sur tout, Maistre de l'Vniuers,
    Redoutté des Enfers.
      Si pour la foy considerable,
    Elle demeure inébranlable,
Helas! ie la reçois, & pour iuste raison,
Viuant tant soit peu habillée en Bergere,
Et noble comme elle est seruante en ma maison,
    Se rendre à l'œuure iournaliere,

En adorant tousiours par sa fidelité,
La seule Deïté.
Ie luy dois vn amour extréme,
Puis que ie voy qu'vn Diadéme,
Desia dessus son chef, luisant comme vn Soleil,
Ses yeux sont rauissans, & sa bouche vermeille,
Souris en bien-disant, & rauit d'vn clin d'œil,
Sa bonne grace est de merueille,
Ne tient rien de Clement, que ie nomme Tyran,
De fureur bouillonnant.

C'est sans considerer son aage,
Que ce Pere animé de rage,
La voudroit destourner de sa religion,
Dont l'Enfant pourroit donner naissance au Pere,
En le faisant renaistre en la saincte Syon,
Si l'amour diuin luy suggere,
Elle retient fort bien ce sainct enseignement,
Qui gouuerne son temps.

Les feux qui echauffent son ame
Ne seruent à Clement que de blasme,
Alteré comme il est, & dereglé de sens,
Desheritant de bien sa propre geniture,
Reine renonce à tout, & nul bien n'en pretend,
Que de se dire creature,
Loüant & connoissant son Dieu & Createur,
Du Monde Redempteur.

O Sauueur ie vous fais Priere,
Que vous nous soyez si prospere,
Conseruant parmy nous ce miracle du iour,
L'eclatante vertu en elle fait paroistre,
Que vous la visiez bien d'vn traict de vostre amour,
Elle se veut faire connoistre,
Qu'en mourant elle veut chercher son vray amant,
Ie la voy maintenant.

D 2

SCENE V.

THEOPHILE, ALICHRISTE, REINE,
ALGERIDE.

THEOPHILE.

ENfin vous voila donc, mes filles boccageres,
A peine on vous connois habillées en Bergeres
La noble qualité, & les sainctes vertus,
Qui sont sous vos voilers rendent mes sens confus,
Et vos vestemens blancs persemaillez de flammes,
Contraignent icy mes yeux à leur verser des larmes :
Sus mes filles aux amours, aux embrassemens doux,
De cet Amant diuin prenant le soin de vous,
Vos resolutions ie reconnois si sainctes,
Que les miennes les suiuent en des mesmes contraintes :
Vous courrrez au festin d'vn connoy precieux,
Où vous trourcrez bien vostre rang glorieux,
En vos habits de blanc qu'humblement ie respecte,
Puisque de vos plaingrez vous prenez en retraite
Vne simple maison, & m'en faire l'honneur.

REINE.

Cet honneur me r'appelle à mon principal heur,
Qui me rend fauorite aupres de ma Nourrice,
M'ayant endoctrinée vn si sainct exercice.

ALICHRISTE.

Ma fidelle il est vray, c'est tout ce que i'ay deû,
C'est vostre bien le mien, i'ay fait ce que i'ay peu,
Paulias ne sçauroit en ce lieu vous contraindre,
Ny sa secte Payenne, encore moins vous atteindre.
On ne vous connoit plus, & la vraye amitié
Qui vous appelle icy, est auec grand pitié.

REINE.

Amitié, & pitié, par ces mots ie vous prie,
Mon aymable Nourrice au reste de ma vie,
Ie sçay que les soucis que vous auez pour moy,
Ne me procurent rien que d'agir pour la Foy:
I'embrasse les trauaux, & auec efficaces,
En recherchant les fouets plûtost que les menaces,
Et me resignant toute au vouloir de mon Dieu,
M'arriuent tous les fleaux s'ils se doiuent en ce lieu,
Iamais ne m'aduint mieux que l'habit de Bergere,
Que de changer de nom, de Noble en Boccagere:
Les champs donc me retiennent auec la raison,
C'est le suiet d'auoir soin de vostre maison,
Et vos commandemens en toute reuerence,
Reiglez nos entretiens à vostre cognoissance.

ALICHRISTE.

Mon cœur ie vous entend? mais ie ne permet point,
Que de nostre tracas vous prenieZ tant de soin,
La bonne volonté icy donc vous emporte,
Ie refuse vos peines, & les laisse à la porte,
Aussi ie vous attend à ces fidels propos,
De ne vous point permettre à prendre tant de maux.

ALGERIDE.

Maistresse i'oseray vous interrompre & dire,
Que tels sont les plaisirs que nos ames desirent:
Vous nous plaignez desia, espargneZ vous nos pas,
Il nous faut trauailler attendans le trespas,
Hé bien de vous seruir ce ne sont que des charmes,
Où le repos pourroit plûtost nous fondre en larmes:
Nous feignons (il est vray) icy de vestemens,
Mais non feindre iamais sous vos commandemens,
Et le refus pourroit trop nous rendre oppressées,
Puisque ces doux tabeurs sont à nos destinées.

ALICHRISTE.

L'on peut manquer de force.

ALGERIDE.

Et de volonté non.

REINE.

Algeride agissons, d'entiere affection,
Nous aggreans aux champs beaucoup plus delectables,
Qui ne sont pas les lieux des grandeurs variables.

THEOPHILE.

Mes filles ie ne veux vous commander icy,
Qu'en la discretion de vos plaisirs aussi,
Exercez-vous plûtost en des sainctes prieres,
Que de vous efforcer es œuures iournalieres,
Mes amis conseruez, conseruez sainement,
Ce qu'en vous ie connois, & cheris tendrement.

REINE.

Pere, nous voulons bien suiure cet exercice,
Vous nous le permettez aussi chere Nourrice,
Les affaires en nos mains soient en vostre maison,
Et soient de mesme aux champs sont plus que de raison,
Auisez maintenant ce que nous deuons faire.

ALICHRISTE.

Hé bien, puis que le temps vous permet telle affaire,
Faites à vos volontez sans point vous offencer,
Et vüeile à toute heure aussi vous reposer.

THEOPHILE, & ALICHRISTE s'en vont.
REINE, & ALGERIDE demeurent.

REINE.

IE mets la main à cet ouurage,
   Continuant de iour en iour,
   Rien ne m'est plus fort que l'amour,
Helas que de delices en ce petit mesnage,
   Je suis en repos maintenant,

Puisque bon gré ce passe-temps :
Auec tant de complaisance,
Que ie dois aymer apres Dieu,
Employant toute ma puissance,
Les respects que ie porte au maistre de ce lieu.

ALGERIDE

Comment vous seule en cette peine
Faictes-vous choix de mes desirs,
Partageons l'affaire à plaisir,
Ie vais puiser de l'eau à cruche toute plaine,
Nous ferons tout en propreté,
Le mesnage en honnesteté :
Nous ne manquerons de courage,
Chaque meuble dedans son lieu,
Commit à la mode du village,
Et dessous nos labeurs tousiours à prier Dieu.

REINE.

Ie promets qu'en toute ma vie,
Ie n'ay rien fait de si grand cœur,
M'aggreant tant que ce labeur,
Iamais de cet habit mon corps ie ne deslie,
Ce qui garde ma chasteté,
Comme vn thresor de Sainteté,
Puisqu'vn amant seul & suprême,
Rend les plus foibles les plus forts,
En leur donnant vn diadème,
M'attire aussi pour luy en ces mesmes transports.

ALGERIDE.

Son amitié tres-asseurée,
Conserue nos feux innocens,
Que nos œuures seruent d'encens,
A ce Roy qui soustient cette voute azurée,
Comme vn flambeau entre ses mains

Qui va éclairant les humains,
Rendons luy donc mille louanges,
Et qu'il nous distrait des Payens :
Assistez-nous glorieux Anges,
Dieu vous ayant commis à garder les Chrestiens.

COEVRS DES BERGERS,
ALIN.

Hastons-nous de voir cette belle
Voulons luy rendre humble devoir,
Ma musette iouera pour elle,
Baissant tres-humblement mes offres à son pouuoir,
    Et vrayment elle est bien aymable,
Resoluë de viure auec nous,
Toute la Nature adorable,
Bénit sur les Citez nostre air qui est si doux.
    Elle est accompagnée d'vne autre,
Reuestuë de nos affuquets,
Tenant à la mode des nostres,
Rubans sur leurs houlettes, & aux seins des bouquets.
    Ainsi les plaisirs de villages,
Nous les attirent en liberté,
Durant le temps de nostre vsage,
Qui gouuerne tousiours toute fidelité.

GRIDELIN.

Ha que les campagnes agreables,
Vrayment témoignent à tous momens,
Mille richesses inepuisables,
Bien autres se diray que possedent les grands.
    En tous endroits nos demeurances,
Repoussent la querelle & le bruit,
Tousiours viuons en innocence,
Comme n'ayans iamais enuie des biens d'autruy.
Helas ! si cette belle fille,

En apparence de la Cour,
Euſt eu quelque amour pour la ville,
Iemais n'auroit choiſi cét aymable ſeiour.
La vie ruſtique eſt glorieuſe,
L'on y iouyt des doux appas,
Apprenant des chanſons ioyeuſes,
Reine en apprandra bien en ſes petits ébas.

Fin du ſecond Acte.

PROLOGVE,

Du toiſiéme, quatriéme, & cinquiéme Acte

MESSIEVRS,

C'eſt vn traict d'vne admirable perſeuerance, de voir vne ieune Damiſelle, & des plus ſignalées de la Pronince, & en l'âge de qutorze ans, abbandonner la maiſon de ſon pere, & toutes les grandeurs dont elle eſtoit honnorée, ſuyr les carreſſes & les tendreſſes de ſes parens, & s'éberger dans vn pauure village à l'écart, & ne point eſtre reconnuë que pour vne fille de baſſe condition parmy des Bergeres. Mais à la verité diſons que Dieu l'a voulu choiſir & la cacher ſous vn chetif habit de toile, l'a depoſant à cette genereuſe reſolution d'en faire vn habit de Damas rouge, ou d'écarlatte, ou bien pluſtoſt la rendre ſi courageuſe que de le tremper & rougir de ſon propre ſang. C'eſt vne fille d'vne amour incomparable, puiſque pour la foy inviolable qu'elle a promis à ſon Eſpoux immortel, elle deteſte la fauſſe Religion de ſes parens, qui continuent d'animer leurs rages con-

tre son innocence. Mais Dieu reserue son martyre
iusques à la venuë d'vn Olibre, & alors elle fera paroistre plus hardiment les derniers efforts d'vn cœur
resolu en courageuse Alcides

Clement pere dénaturé contre son propre enfant la
fit chercher, Asthere son oncle & Protine sa tente
n'y espargnerent point leurs pas, Polias ce Seigneur
venu des Gaules, & qui la vouloit épouserlacher-
che aussi, tant à cause de sa charmante beauté, que
pour la destourner & empescher qu'elle ne fust reconnuë Chrestienne pour y mieux reüssir : Il en fait des
enquestes, feignant d'estre Chestien : en effect, il s'ad-
dressa par hazard à Theophile pere nourrissier de
Reine, qui luy donna du retour d'vne preille feinte
en luy faisant entendre qu'il auoit veu enleuer par
deux ieunes hommes le iour auparauant celle qu'il
portoit grauée en son cœur : si bien qu'il fut contraint
de conuertir ses amours en fumée. Neantmoins continuant ses soûpirs a l'occasion de sa belle Reine re-
prit son chemin, il se retira dans le pays des Seneuois
d'où il estoit venu.

Theophile se voyant libre, voulut sçauoir ce qui
se passoit dans Alize sur la venuë d'Olibrius, grand
Prefect de Marseille, sous Diocletian Empereur Romain, & estant aux écoutes pour apprendre ce qui
se passoit contre les Chrestiens, s'en retourna tout
estonné, & tremblant de crainte pour l'amour qu'il
portoit à Reine, il declara à Alichriste sa femme ce
qu'il auoit appris depuis deux iours dans la Cité d'A-
lise, & qu'ils auroient entr'eux bien de la peine de
conseruer & cacher Reine, pour la garantir de quelque fascheux rencontre, d'autant que la persecution
alloit commancer sur les Chrestiens. Alichriste tou-

te à fait portée pour la foy de Iesus-Christ, n'eust
point d'autre repartie, que de luy dire, auec vne resolution admirable, qu'il falloit mourir en vray Chrestien pour viure eternellement au Ciel. Reine retint
cét aduis, & l'imprima bien auant dans son cœur,
qu'en cas qu'il luy fallut mourir pour la foy, elle ay-
meroit beaucoup mieux souffrir le martyre par l'execution de ce Prefect, que non pas par les mains de son
pere. *

Theophile luy deffend les chemins d'Alise, gardans
les trouppeaux de sa Nourrice auec Algeride, & luy
recommande de mener ses moutons en des lieux
écartez pour estre à couuert. Ouy repondit-elle, mais
à peine pouuoit-elle d'auantage entretenir le feu du
S. Esprit, qui échauffoit son ame, sans en montrer
quelque lueur: ce qui arriua bien-tost aprés. Car
Olibrius prenant plaisir à contempler la beauté de
cette superbe Cité d'Alise, & desirant d'en voir le cir-
cuit, se fit traisner sur vn chariot, pour estre admiré
de tous en redoutable Seigneur: il prist donc le plaisir de se pourmener dans cette vallée d'élausmes é-
maillée, & enrichie de tous biens. Il ne fut pas long-
temps en cette agreable promenade, qu'il s'arresta en
passant à remarquer curieusement la beauté de Reine,
sous le voilet pourtant de l'habit grossier d'vne Bergere: si bien qu'il fut touché de ce rare objet.

Cette illustre Bergere voyant approcher vn Page
se douta bien de sa prise, au premier mot qui luy fut
porté, elle demanda du temps de destorner son petit
troupeau, appellant Algeride sa compagne, & la pri-
d'en auoir soin, d'auertir sa Nourrice de ce rencontre sans autre differance de temps. On la prend, on
l'emmene, on la presente à Olibrius, qui reconnoist

sant de prime abord qu'il n'y auoit rien en elle de grossier, ny de façon rustique, il ne l'eust pas si tost consideree, qu'il fut entierement épris de sa beauté, & resta quasi sans parler.

On interroge Reine, qui s'aduoüe pour fille de Clement, mais bien dauantage se dit estre Chrestienne, auec vn visage constant & tout à fait admirable & de là montrant & faisant paroistre vne force tres-grande & vn cœur heroïque pour la foy & la loy de Iesus-Christ l'Espoux de la virginité.

Olibrius pour la destorner de sa Religion, luy promet de l'époufer, en cas qu'elle vint adorer & sacrifier à ses Dieux, elle allegue incontinent cette belle parole de sainct Hierosme en son premier liure contre Iouinian. *Nuptiæ terram replent, virgines paradisum:* les mariages & les nopces remplissent la terre, mais les vierges sont les vrais ornemens qui embellissent le Paradis, & dit aprés ce, qu'on s'amuse inutilement apres vne fille qui a voüé sa virginité à Iesus-Christ, ainsi cette inébranlable & illustre *Bergere* sçeut soustenir la foy Chrestienne que sa Nourrice luy auoit apprise: si bien que s'auançant en âge elle sçeut fouler sous les pieds la superstition des Payens, & detester leurs simulacres par ce passage de la saincte Escriture. *Confundantur omnes qui adorant sculptilia, & qui gloriantur in simulachris sui.* Que tous ceux-là soient confondus qui adorent les Idoles, & qui se glorifient en leurs fantosmes & simulachres: en sorte qu'elle ne fit aucun cas des flatteries trompeuses d'Olibrius, non plus qu'elle auoit fait auparauant d'vn Paulias qui l'a vouloit époufer. Effet admirables de Dieu de se feruir des foiblesses humaines pour soustenir son Eglise, & mettre bas les forces des Cesars & des Monar-

ques de la terre, comme l'asseure sainct Paul aux Co-
rintiens, chap. 1. *Infirma elegit Deus, vt confundat fortia.*

Nostre ieune Reine en l'age de quatorze ans combat si genereusement pour le party de la foy, qu'elle
en estonne vn Tyran redoubté de tous les plus graues
de l'Empire Romain. La viuacité de ce ieune esprit fit
changer bien-tost l'amour d'Olibrius en rage & fureur, & il ne dit plus que ses Dieux luy gardoient
cette belle pour l'auoir à femme, car incontinent par
le conseil de Dalazan, il oublia toutes ses premieres
complaisances, la fit ceindre par le milieu du corps
d'vne grosse chaisne de fer, & l'enuoya en prison
par ses Gardes au chasteau de Flaue, à present dit la
ville de Flauigny, où l'on voit encore auiourd'huy
en ce lieu le pantheon Temple de tous les Dieux,
vulgairement appellé Grottes : aussi voit-on contre la
Tout la figure de Romulus sous celle d'vne Louue
comme il en a esté allaicté. Cette figure ne tient
rien de nostre histoire, mais bien de l'antiquité &
chose remarquable seulement.

Sur la suite de nostre discours Theophile feignant
sa religion, se presenta deuant Olibrius pour estre
Geolier, s'imaginant que ce seroit vne belle inuention pour la sauuer. Olibrius fut contraint de quitter
Alise, & de surseoir cette tyrannique entreprise
pour s'en aller promptement aux hautes Allema-
gnes, à cause des guerres qui se ralumoient en ces
pays-là, comme General d'armée sous l'Empereur
Diocletian. Clement à l'instant le depart d'Olibrius
de la cité d'Alise, aduerty de l'emprisonnement de
sa fille, l'a voulut faire retirer des prisons de Flaui-
guy pour la faire conduire dans son chasteau de Grignon, mais auec ce barbare dessein de la faire mou-

rir fur les chemins, s'il n'en euft efté retenu & em-
pefché par les Gardes. Eftant donc emprifonnée dans
la tour de Grignon, où elle fut vifitée des Anges, &
réjoüie par des lumieres du Paradis, jufques au retour du Prefect, Olibre qui l'a fit venir deuant foy, &
l'ayant interrogée il l'a trouua auffi conftante qu'auparauant: fi bien que pour la reduire à la volonté, il
la fit cruellement fouetter du confentement de fon
pere & de toute l'affemblée de fes parens. On l'é-
corcha auec des pignes de fer, on luy fit brufler les
coftez auec des torches & des flambeaux ardans, &
n'y ayant quafi plus de peau fur ce corps innocent
il le fit plonger dans vne cuue d'eau pour la fuffoquer,
La voix du ciel la confole par ces paroles, *Veni fponfa*
Chrifti accipe coronam quam tibi Dominus præparauit in
æternum. Viens mon Efpoufe bien-aymée receuoir la
couronne de gloire, qui t'eft preparée pour l'Eternité.

    Incontinant on entend grand bruit, & vn tumulte
effroyable parmy le peuple, auec vn tremblement de
terre qui menace de tout abifmir, ce qu'il fut la caufe
de la conuerfion de huict cens perfonnes. Noftre illu-
ftre *Bergere* triomphe fur l'eau comme parmy les
flammes & les diuers tourmens que l'on luy venoit de
faire fouffrir, pendant lefquels elle ne ceffoit de con-
feffer le fainct Nom de Dieu, & de chanter d'vn ton
tout à fait melodieux, ce beau verfet du Pfalmifte royal
Dauid, *Domine in voluntate tuâ præftitiffi decori meô vir-*
tem. Pfal. 29. Seigneur comme toute refignée à ta volonté fouueraine, tu m'as parée des forces fur-humai
afin de vaincre les tourmens, & fur la blancheur de
ma pureté & la beauté de mon ame, tu as verfé les armes indomptables de la foy, ce qui m'a fait mefprifer
les fupplices imaginaires des puiffances terreftres

pour ta gloire.

Reine ſe ſantant en ces paroles ſouſtenuë par la vertu d'en haut, s'abandonne plus librement entre les mains des bourreaux, & ſe monſtrant de plus en plus d'vn viſage coſtant & inalterable à la pourſuite du couſteau qui luy deuoit trancher la teſte, demanda quelque petit moment pour donner le dernier adieu. Olibrius donne la charge de cette fin à Dalazan, afin d'en expedier promptement l'execution ſanguinaire. Ainſi fut conduit en la place publique & accouſtumée. Cette innocente victime, qui à l'inſtant ſe iettant les genoux en terre. cette voix du ciel fut entenduë, & on vit fondre vne colombe tenant vne couronne precieuſe, en luy diſāt, O Reine voicy ton iour! voicy ton chariot de triomphe, ton nom proprement de Reine te fournit vne couronne incorruptible, & qui ne flé-trira iamais à la veuë de tous ceux de ta patrie, ou pour mieux dire du lieu de ta naiſſance, puis que tu quitte Aliſe pour la plus noble portion de tout le monde. Tu fais icy voir des veritables effets de ta generoſité viens monte, voilà ton chariot de parade tiré par 2. Aigles, pour entrer victorieuſe en la cité de la celeſte Hieruſalem, & puis que tu quitte Aliſe pour t'éleuer plus haut en la gloire du Paradis, tu laiſſeras ton ſang pour arreſt des miracles que Dieu operera cy-après par tes merites.

Le peuple eſtonné d'vne ſi grande conſtance en la ieuneſſe de ſon âge, ſe print à s'écrier, *Vox turturis audita eſt in terra noſtra.* La voix de la Tourterelle a eſté ouye en noſtre terre. Noſtre illuſtre Begeré ayant fait ſes prieres, & recommandé ſon ame à Ieſus-Chriſt ſon Eſpoux, tendit le col au bourreau, & de ſon ſang verſé où ſa teſte tomba, on vit ſortir cette ſource mi-raculeuſe, où Dieu opere tous les iours ſes merueilles.

ACTE III.
SCENE PREMIERE.

CLEMENT, ASTHERE, AMELIN,
CLEMENT.

PRodige de Nature, ha ! que tu me tourmente,
En iettant sur vn arbre vn sort qui m'epouuante ;
A seruir de refuge à l'ennemie des Dieux,
L'échappant de mes feux iustes & soucieux.
Voulez-vous immortels vous vanger d'vne fille,
Puis que sur les humains tout vous est bien facile,
Pouuant bien empescher les demons de ce sort,
Comme vos deitez commandent à la mort,
Et pour vostre party ie desire l'office,
De briser le serpent causant ce malefice.
Qu'vn Ormeau sous vos loix se voulut esclater,
Par vn maudit ressort, que luy fournit l'Enfer,
Où trouuer maintenant, au goust de ma colere,
Vn remede à vaumir le poison qui m'altere,
Et me-rendant enfin vn terme glorieux,
Propre à ne plus songer à ce sort mal-heureux.
O terre ! la tiens-tu dedans tes flancs humides,
Rend-là que ie la tuë en presence des Druydes,
Faisant voir deuant tous, que ie n'ay point de tort,
Pour la Loy de nos Dieux de desirer sa mort,
Vn furieux combat s'en redresse en moy-mesme,
Me perce de douleur, & de remord extréme,
Si l'on peut l'attraper, que ie meure content,
Ce sera vne fin és maux que ie ressens
Or qu'on la cherche donc auec vn soin possible ;

Ne sçachant aucun lieu qui soit inaccessible.
ASTHERE.
Tout doux frere tout doux, en feu vous paroissez;
Si vous continuez, mal vous en trouuerez,
Prenez-mieux vostre temps à soulager vos peines,
Nous en pourrons sçauoir des nouuelles certaines;
Vous flattant à loisir, & vous satisfaisans,
Trouuera-t'on moyen d'alleger vos tourmens,
Et ie croy par les Dieux de la reuoir captiue.

CLEMENT
Que le sort est maudit d'où mon mal-heur deriue.

ASTHERE.
Les Dieux permettent vn mal quelque fois plus grãds biens,
Que vous peuuent seruir de si triste entretiens:
Si vn Orme se fend & son suiet vous frappe,
Et cache vostre fille afin qu'on ne l'attrappe,
Croyez que les diuins permettront que la mort
Luy souffle la clarté comme elle vous fait tort.

CLEMENT.
Pour auancer qu'on cherche, & qu'aussi-tost trouuée;
Ie la borne d'vn coup au tranchant de l'espée,
Ce sera le remede infaillible à mes maux,
Quand i'executeray l'office des bourreaux.

AMELIN.
I'ay desia parcouru tous ces prochains villages,
Et de ces bois fueillus les plus tristes ombrages
Sans en sçauoir nouuelles, & l'apprehension;
Me fait douter des eaux pour sa punition,
Et aux fonds sablonneux peut-estre enseuelie;
Et ie m'arreste plus à sa mort qu'a sa vie.

CLEMENT.
O desastre cruel ! ô Forgeron d'Aëthna !
Qui me peut deliurer d'vn demon qui me bat.

E

ASTHERE.

C'est trop vous stomaquer, & vous estre contraire,
Modérez-vous vn peu de cette aspre colere,
Tout vous loue & vous rit en vn tel point d'honneur,
Que vostre nom Clement prononcé sans fureur,
Et les autres respects que requiert vostre gloire,
Vostre renom escrit au Temple de memoire :
Relaschez seulement de ce puissant transport,
Ce que vous haissez plus pire que la mort,
Qui vous porte à courroux, vous enfle en courage,
Comme vn trop fureux emboisiné de rage,
Mais d'vn accent plus doux rabaissant vostre veix,
Vous serez aussi bien à deffendre nos Loix,
Par vn temperamment que ie croy nécessaire,
A vous mettre en repos, or donc laissez-moy faire.

CLEMENT.

De la poursuivre aussi moy-mesme à la tuer,
C'est mon contentement, & c'est m'y asseurer,
Car vne autre que moy n'auroit tant d'efficace,
I'en obtiendray des Dieux facilement la grace,
Leur Iustice l'ordonne, & Reine ayant le tort,
C'est vn exemple sainct de luy sommer la mort.

ASTHERE.

Il n'y a nœud si fort enfin qu'on ne dénoüe.

CLEMENT.

Ie sens où vous touchez, ie vous y desavoüe,
Mais encore,   ASTHERE.
                   Ha ! mon frere, entendez pour la fin,
Ie touche ainsi que vous sur cet esprit malin,
Et posons entre-nous qu'il n'y a rien à faire,
Quand les Chrestiens sur nous iettent leur magie noire.

CLEMENT.

Ie n'en doute pas moins, ie le croy comme vous,

Le croyans comme moy, appaisez vos courroux,
Et plus humainement pourrez vous reconnoistre,
Si la mort ne la mord, elle pourra paroistre,
Qui la peut receler & se mettre en danger,
Aux enuirons d'icy, & vous la receler :
Reuenez donc vn peu & quittez la pensée,
Qui attise les feux dont vostre ame embrazée :
Tranchons sur ce discours, vn Druyde nous suruient,
Qui vous pourra resoudre en plus doux entretien.

SCENE II.

ARTHOCLE'S, CLEMENT, ASTHERE,
PROTINE, PAVLIAS, AMELIN, vn Heros
d'Olibrius entre apres, THEOPHILE aux
escoutes sans rien dire.

ARTHOCLE'S.

Euenons au sentier, où les Dieux nous appellent,
Dans les lieux dediez à leurs gloires immortelles,
Sans discontinuer nos deuoirs importans,
Afin d'estre connus comme leur propre enfant,
Et nous verrons finir des Chrestiens l'imposture,
Estans trop imparfaicts pour fils de la Nature :
Leur sang s'épanchira, l'Oracle vous le dit,
Et tost Olibrius en rendra quelque Edict,
Il nous doit arriuer, i'en ay vent à l'oreille,
Estant desia party de la grande Marseille,
Au suiet de ranger ces fourbes inuenteurs,
Et separer bien-tost leurs vies de leurs cœurs :
Ce sera vn bon-heur de voir ce redoutable,
Ordonner quelque Arrest qui nous soit fauorable.

CLEMENT.

Iustes Cieux veuillez-le, & rangez tels troupeaux

Deſſous vos ſainctes loix, ou bien dans les tombeaux.

ARTHOCLE'S.

Clement par vos diſcours, ſçait-on bien que vos peines
Meritent mille fois des trophées plus qu'humaines,
Et ne ſçauons-nous pas que pour vanger nos Dieux,
Nous auons veu couler deux ſources de vos yeux.

CLEMENT.

Milles regrets encore oppreſſe icy mon ame,
Que ma fille en naiſſant n'ait eſſayé ma lame,
Ne ſçauroit-on ſçauoir ou ce cœur obſtiné,
S'échappant de mes feux s'eſt donc refugié.
Ie ne vis deſormais qu'en grande impatience,
Vn Garde nous ſurprend.

ARTHOCLE'S.   Meſſeigneurs? qu'il auance.

ASTHERE.   Garde, qui a-t'il donc.

HEROS des gardes.

                         Redoutables Seigneurs,
Vrais portraicts des vertus & de nos Empereurs,
Ie ſuis icy venu à celle fin de vous dire,
Qu'Olibre vient uy Lieutenant de l'Empire.

ARTHOCLE'S.

Diſpoſons le Senat de le bien receuoir,
Et que tous Citoyens ſe rangent à leur deuoir :
Tantoſt ſur les Chreſtiens ſe fera-il connoiſtre,
Comme ſur les Romains il eſt le ſecond maiſtre,
Qui ſçait conſiderer toutes les Nations,
Et dompter les mutins en leurs rebellions.

CLEMENT.

Sainct Pere faudra-il pour excuſer ma race,
Faudra-il cy apres que ie quitte la place,
Et qu'au gouuernement d'Aliſe ou ie ſuis,
Ie ſuccombe au mal-heur deux fois qui me pourſuit :
Ie ſuis preſt de mourir, s'il y va de ma faute,

Et si ie contre-point sa puissance si haute,
Rien plus ne me retient, i'engage mon honneur,
Et ma vie promptement conseruant sa faueur:
Surquoy donc est l'appuy de toute la Noblesse,
Et la captiuité du genre qui me blesse:
Ie me fourre à la mort encore mille fois,
Plustost que de descendre vn degré de nos Loix:
Mais comme reparer vne coulpe passée,
Non commise par moy, mais c'est par ma lignée,
Et la tige en suspend peut-estre du Seigneur,
Ne peut-il reprocher s'il m'en croit seducteur.

ASTHERE.

Mon frere le Senat sçait assez bien paroistre,
Et l'innocence en fin s'en fera reconnoistre.

CLEMENT.

Et le Senat aussi ne m'en peut dispenser,
Ny absoudre d'vn cas qu'on ne doit proposer.

ASTHERE.

Et sans difficulté vn ample têmoignage,
Vous peut bien deliurer d'vn si fascheux passage,
Le peuple vous a veu presque dessus le pas,
Par vne émotion courbé sur le trêpas.
Hé bien puis que le temps s'en monstre fauorable,
Que du moindre au plus grand on vous sçait veritable:
Les honneurs sont tousiours luysans sur vostre front,
Aussi n'astendez-pas du peuple aucun affront.

CLEMENT.

N'est-ce pas tout manqué que Reine ait pris la fuite,
Estre à trois pas de moy, à course & à poursuitte,
Sans pouuoir affranchir de pleine liberté,
A coupper le filet de sa fatalité.

PAVLIAS.

Plustost encore plustost, sans-desobeissances,

Ny contredits de loix de ses hautes puissances
La mort ? que de la voir en eminent peril.

CLEMENT.

De l'aduoüer au mal qu'en arriuera-il.

PAVLIAS.

De saine opinion, iamais ie ne l'auoüe,
Que ie fussent plustost destiné à la roüe,
Mais de luy desirer vne conuersions
C'est tout ce que ie puis par obligation.

ARTHOCLES.

Seigneurs puis qu'à bon droict ie connois vos sentences,
Tesmoin de vos Estats, veu de vos bien-veillances,
Laissons tout à venir, oublians par pitié,
Oublions vostre fille & non vostre amitié,
Ainsi que vous & moy, nous ne deuons la suiure.

CLEMENT.

Pour l'oublier, à mort ie tasche à la poursuiure.

PROTINE.

Ces mots sont trop communs à vous inquieter,
Mon frere oubliez tout, & venez sapposer
Ne l'auoir iamis veu en reposant vostre ame,
Vous esteindrez ainsi le braisier qui l'enflamme.

ARTHOCLES.

Allons sur ce retard taschans à nos deuoirs,
Et reiglons nous aussi aux supremes vouloirs.

SCENE V.
THEOPHILE, ALICHRISTE, REINE,
ALGERIDE.

THEOPHILE.

I'Ay que trop retenu d'assez tristes nouuelles,
Et i'apprehende fort pour mes icur ces pucelles.

Sçachans que nos Chrestiens écouleront leur sang,
Et que les tombeaux noirs en rempliront leurs flancs.
Helas ! helas ! pourueu qu'vn mal-heureux rencontre,
Au dommage de Reine à mes yeux ne se montre,
Ainsi qu'Olibrius le Prefect des Romains,
Des larmes des Chrestiens se veut lauer les mains.
Hé donc ma chere Reine ! hé ma chere Algeride,
Que ie crains bien pour vous la cruauté auide,
Vous estes auec moy trop prest de la Cité,
Vous verray-ie effrachir cette inhumanité :
Que vos pieux regards sont bien mal en addresse,
Ce qui peut accuser vostre sage ieunesse.

ALICHISTE, REINE & ALGERIDE entrent.

THEOPHILE poursuit.

Venez donc maintenant mes filles à moy, venez,
Si vos cœurs enfantins sont toussiours embrasez.

ALICHRITE.

Qui a-t'il mon Espoux, quelle triste nouuelle,
Par vn si foible accent deuant vous nous appelle,
Quelle peur vous saisit, de quel lieu venez vous,
Vous palissez helas ! courage parlez-nous.

THEOPHILE.

Ie viens, ie viens d'Alize, où i'estois aux écoutes,
Et là les Citoyens se preparent à des ioutes,
Dressans des échaffaus tres-richement parez,
Pour receuoir Olibre en leurs chariots dorez :
Tout triomphe là haut, & nous en ce village,
Durerons-nous long-temps sans vn mauuais partage,
Ie me sens bien saisi d'vne froide vapeur,
La moitié de mon cœur rend l'autre sans vigueur :
Helas ! tout me pautelle, & tremblottant de crainte,
La mort dessus mon sein élance bien sa pointe.

ALICHRISTE.

Courage mon amy? quittez-moy cette peur?
La persecution sera nostre bon-heur,
Et vous mes cheres filles apprenez de bonne heure,
Qui tuë vn corps pour Dieu, fait que l'ame ne meure,
Et la resiouïssance aussi-tost que la mort,
Esleue l'ame au Ciel tout d'vn premier abord:
Rangeons sous l'estendart d'vne saincte puissance,
L'esprit auec le corps, la vieillesse, & l'enfance,
Secoüant cette peur qui choque vn peu les sens,
Arriue qui pourra, Dieu gouuerne nos ans,
Et la posterité nous sera plus à gloire,
Quand nos cœurs sur le monde auront quelque victoire,
Il faut tousiours mourir.   THEOPHILE.

                  Helas! ie ne crains pas,
Ie suis pour nostre foy à subir le trepas.
Ie crains que ces enfans ne se laissent surprendre,
C'est leur pis, & à nous d'oser les entreprendre,
Et d'empescher leurs maux; ah! la triste saison,
Qu'vn abord mal-heureux n'en tire sa raison:
Ie leur deffend exprés, que parmy cette pleine,
Ne s'arreste en chemin d'où peut venir la peine,
Mais tirer d'autre part au riuage des bois,
Et ne se point monstrer que n'entendant nos voix.
               REINE.
   Nous ne manquerons pas mon tres-cher Theophile,
De suiure vos conseils, n'approchans de la ville:
Ostez vous-en de peine, & ne vous estonnez,
Le destin guerira vos sentimens blessez,
Le puissant Gouuerneur du cours de nos années,
A soin des Innocens dessus leurs destinées.
     THEOPHILE embrassant Reine.
Et ie le croy fermement, mon aymable soucy.
       REINE.

Allez donc en repos, & nous laissez icy.

THEOPHILE.

Reine ie ne le puis d'vne amitié discrette,
Ie vous desirerois en place plus secrette,
Respondez Algeride à ces mots importans,
Ou l'on ne vous connoisse à la veuë des Tyrans.

ALGERIDE.

Si c'est faire le faut, que vous importe encore,
Ie mourray volontiers pour le Dieu que i'adore.

THEOPHILE.   Ah quel feu!

ALGERIDE.

Quel amour! le sçauez-vous desia,
Que Reine auec moy nous cherchons ce combat.

THEOPHILE.

- Helas mes cheres amours.

REINE.   Que vostre esprit repose.

Laissez-nous.   THEOPHILE.

Ie viudrois ce que l'on vous propose,
De ne point exposer sur le chemin vos iours,
Et choisir de ces bois les paisibles seiours,
Voyez-vous maintenant vn Caualier descendre,
Retirez-vous d'icy qu'il ne vous vienne prendre,
Autrement ie vous dis? vous me ferez mourir,
Apres mille regrets de tous mes deplaisirs.

SCENE IV.

PAVLIAS allant chercher Reine.
THEOPHILE.

PAVLIAS.

EN accordans mes sens à l'amour qui me blesse,
Où pourray-ie vne fois rencontrer ma Deesse,

Ce cas m'est important, & dois-ie estre secret,
Hazardant le déguis de Chrestien tout discret,
Auec vn franc desir de luy sauuer la vie,
Regrettant mille fois la chaisne qui la lie,
L'amour que ie luy porte, est vn amour parfaict,
Et plustost aux immortels, que i'en pût quelque effet,
Sans point m'aliener de leurs saincts Oratoires,
Aussi n'entendans pas de viure outre leurs gloires,
N'obseruant que ce pas qui me peut empescher,
Telle mort que ce puisse à la vouloir sauuer.
Helas ! que ie plains bien Reine sur cette suite,
Où est-elle rangée, hé qui en sçait la suite,
Ie dois passer plus loin taschant à la reuoir,
N'oubliant sa beauté en ce triste deuoir,
Enioint à mes amours de trauerser ces pleines,
Ou constamment souffrir autant qu'elle de peine :
Donne donc Cupidon quelque moyen puissant,
Implorant ton secours, assiste vn languissant,
Ne puis-ie donc sçauoir, ô petits Dieux encore,
La Reine de mon cœur, que sainctement i'adore,
En approchant pensif de ce bon paysant :
Feignant d'estre Chrestien sous quelque beau semblant :
Arrestez bon vieillard ne sçauez-vous nouuelle,
D'auoir veu par ces lieux fuyr vne pucelle,
Dés hier ie la cherche, & luy voudris donner
Vn advertissement qu'on tasche à l'attraper,
Ie suis de son party, ie suis à la deffendre,
En exposant ma vie où l'on la voulut prendre.

THEOPHILE.

Qui est-elle Monsieur.

PAVLIAS.

Fille du grand Clement,
A proprement parler fille d'vn vray Tyran,

Puis que cette beauté eume sa furie,
Poursuiuie au cousteau de son idolâtrie.

THEOPHILE.

Encore à quel suiet la voudroit-il tuër,
Ie vous prie humblement de me le declarer.

PAVLIAS.

Le courroux de Clement poursuit vne Chrestienne,
La croyant sur vn fait estre vne Magicienne,
Elle s'est enserrée dans vn Ormeau fendu,
A l'instant s'est reioint d'vne saincte vertu:
Tel acte en nostre foy passe icy pour miracle,
Mais sa fuite plus loin nous donne entier obstacle,
Car Clement retournant auprès de cet Ormeau,
Pour en coupper le tronc & le mettre en monceaux,
Mais ne la trouuant point, s'en estant eschappée,
Ie voudrois bien sçauoir le lieu où s'est saunée,
Pour luy donner aduis de ce qui est certain,
Qu'Olibre vient punir les Chrestiens dés demain.

THEOPHILE.

Reiglez tous les soucis que vostre cœur desire,
Et si Olibre vient allumer le martyre,
Y taschant les Chrestiens, il ne fera que bien,
Nostre loy ne permet ce solaire entrétien,
En les rendans vaincus par vne iuste guerre,
Puis qu'ils adorent vn Dieu aux nostres tout contraire,
Est-ce donc cette fille engagée en vos yeux,
Reiglez-vous vos desseins aux siens pernicieux,
Non, retirez-vous en, hier sur ce riuage
Estoient deux ieuuenceaux forçans son pucelage,
Tellement l'enleuant ie ne pust l'empescher,
Ce rap deuant mes yeux, ie la laissa aller,
Ie n'en sçay que le nom.

PAVLIAS.

Triste mesauanture,

As-tu violenté ce beau troiét de Nature.
THEOPHILE.

Quel suict auez-vous d'en ietter des soûpirs,
Liez-vous sa beauté acec vos desirs,
Si vous en retenez quelques fidelles marques,
Ce petit Dieu archer le plus fort des Monarques,
Vous la conseruera, entretenez vos feux,
Aussi perdez-vous temps si vous niez nos Dieux,
Car les Chrestiens tousiours se trouuent en tromperies,
Comme ils adorent vn Dieu ils hazardent leur vie,
Oubliez-là plustost, puis que pour les Chrestiens,
Elle ayme mieux quitter sa patrie & ses biens :
Vous dites que ce grand Olibrius de Rome,
Vient en cette Cité pour reformer les hommes,
Qui viuent hors les loix de nos grands Empereurs,
Ou bien d'estre punis par des viues rigueurs :
Hé quel choix voudriez-vous, ou d'vne fugitiue,
Ou a'vn pere apres tout qui de ses biens la priue.
PAVLIAS.

Comme l'amour me tient prisonnier sous ses loix,
Ie veux passer pour elle & les eaux & les bois,
Et de tous ces trauers hazarder l'auanture,
Plustost que d'oublier sa digne portraicture,
Ie m'embarqueray donc sur ce fleuue coulant,
La chercher viue ou morte, & finir mon tourment.
THEOPHILE.

Ie me suis apperçu icy de son addresse,
Feignant d'estre Chrestien, il cherche sa maistresse,
Va-t'en donc Paulias où l'amour te conduit,
Et tu reconnoistras aussi qu'il te seduit.

SCENE V.
ASTHERE, PROTINE, AMELIN.

ASTHERE.

SUs sus, battons aux champs, euitons le reproche,
Puis que soudainement Olibrius approche,
De peur que son abord ne declare vn cartel,
A la vraye innocence au lieu du criminel,
Ah comment excuser & deliurer de peine,
Mon frere vous & moy par les crimes de Reine.

PROTINE.

Où courir là trouuer nous voyons que d'hier,
En son ia retournez les plus vistes courriers,
Et sans doute il se peut que se sentant pressée,
En ce fleuue coulant se seroit eslancée.

ASTHERE.

Ah! qu'il plust à nos Dieux, & qu'en fussions certains,
Ou que les loups des bois en fussent desia plains.

PROTINE.

Il n'y a que tenir, ie la tiens estre morte,
En quelle part que soit.

ASTTERE.

Une peur me transporte,
A l'arriuée d'Olibre on la peut accuser,
Et par trop de douceur nous peut-on reprocher.

AMELIN.

Depuis deux iours ie cours par ces monts & vilées,
N'ayant personne sçeu qui en soit asseurée,
Et redoublant mes pas derchef à vos yeux,
Ie m'en vas diligent visiter d'autres lieux.

ASTHERE.

Ie vais à contremont de ces eaux christalines,

CHARIOT DE TRIOMPHE

Enfoncé de courroux où mes esprits machinent,
A poursuivre à mort Reine par son destin,
N'estant que pour ce Christ qu'elle appelle diuin;
Puis que le sort ietté, & veu si miserable,
Jusques à cet accident d'un Orme, épouuentable:
Grands Dieux permettrez-vous que ie la puisse voir;
Ne voulant que sa mort, c'est vn iuste vouloir,
Et auant le trespas, si viuante, à vray dire,
Ses parens d'vne voix luy desire vn martyre.

PROTINE seule.

M'achemineray ie dans ces bois,
Là rappeller de foible voix,
Dessous l'ombrage plus secrette;
Quoy que son obiet rigoureux,
Rende mon soucy mal-heureux,
Ie veux encore estre discrette,
Conspirant derechef auec loyauté,
Que mon consentement n'a point de cruauté.
Ie luy sers de Mere? helas!
Ie ne desire son trespas,
Encore que la fureur m'ennoye,
Ie me transporte à son besoin,
Mon deuoir est d'en auoir soin;
Que si ie manque ie l'octroye,
Aux dangereux accueils qui luy peuuent arriuer;
Protine desia Attropos n'a voulu l'attraper.

PROTINE és Bois.

Reine vient maintenant à moy,
I'entend ta voix, n'ait point d'effroy;
Montre-toy donc ma chere fille,
Ie te supplie à descouuert,
Où te cache-tu à trauers,
Vers quoy? ce lieu est difficile:

Ie cours aprés ta voix qui s'éloigne de moy,
Sçache vn peu les tourmens que pour toy ie reçois,
　　Pour toy i'ay tant pleuré de fois,
　　Pour toy ie me perds en ces bois,
　　Pour toy helas ! que ie soûpire,
　　Pour toy encore ie me meurs,
　　Sans que tu plaigne mes douleurs,
　　Ie vais descendre au sombre Empire,
Helas ! en t'enfuyant considere mon soin,
Et me dis vn adieu si ie ne te voy point.

Hors du Bois.

Malgré tous mes soucis, helas que ie te pleure !
As-tu pour vn iamais choisi cette demeure,
Reuiendras-tu vn iour, donne m'en quelque espoir,
Iure-tu enuers nous de ne te plus reuoir :
Entends, & me respond, ô fille trop cruelle,
Mes sens se perdent en tòy, & ma vie s'y pantelle,
O trop, trop dèdaigneuse, es-tu sans sentimens.
Ne te souuenant plus de mes doux traitemens,
Gage-tu tous mes soins à la seule infortune,
En suiuant dans ces bois la misere opportune,
N'osant plus tourner front à mes cris éloignez,
Ou les accens d'Echo s'entendoient redoublez,
Toutes peines perduës en ces lieux solitaires,
Pour ne te plus presser aussi ie me dois taire,
Si ie ne t'entend plus cette derniere fois,
Les Dieux fassent de toy que tu meure en ces bois.

Cœurs des nouueaux Chrestiens Senateurs, Citoyens d'Alize.

ARCORIDE, NECTORIALE,
NYMPHE leur fille.

ARCORIDE.

IL est donc temps de nous distraire,
D'Erreur à ce sainct exemplaire,
Nous enseignant comme le vray Dieu des Chrestiens,
Doit estre reconnu en toute republique,
De l'humaine Nature en autheur de tous biens,
En terre né, Roy pacifique,
Ayant voulu cacher sous nostre humanité,
Sa seule deité.

NECTORIALE.

C'est vne chose veritable,
L'amour de Reine combat fort,
Ayant en Dieu son reconfort,
Va fuyant les grandeurs, cherchant cet adorable,
Des Anges respectez és Cieux,
Et Clement des plus furieux,
Oublie toute douceur de Pere,
De la poursuiure à la tuër,
Imbeu de rage & de colere,
N'est-ce pas le grand Dieu qui l'a voulu sauuer.

NYMPHE.

Faut-il ma souueraine mere,
Receler les feux de ce Pere,
Apres auoir receu de Reine tant d'honneur,
Nostre ressentiment nous oblige à sa fuite,
Comme elle nous a dit de croire en ce Seigneur,
Ou la foy est nôstre conduite,
Iusques dedans les Cieux viure eternellement,
Suiuons-là vistement.
Est-elle échappée de ce Pere,

Trouuons - la tost ma chere mere,
Iusques à temps que la mort arriue à ce Tyran,
Et sçachez que mes iours remplis de pleurs pour elle,
Regrettant l'entretien qu'elle alloit enseignant,
Sur la gloire toute eternelle,
Où la peur ne saisit pas vn cœur enfantin,
Triomphe tout diuin.

NECTORIALE.

Ouy, mon cher enfançon, mais ce n'est pas sans peine,
Qu'on triomphe là haut ?

ARCHORIDE.

Et Dieu esleue à luy les personnes Chrestiennes,
Qui souffrent ces trauaux.

Fin du troisiesme Acte

ACTE IV.
SCENE PREMIERE.

OLIBRIVS, DALAZAN, ARTHOCLE'S, CLEMENT, ASTHERE, PROTINE, AMELIN, ROZELAY, HEROS DES GARDES, LES GARDES.

OLIBRIVS.

PVis que sous les Cesars mon renom par tout volle,
Et que les genereux passent par mon escolle,
En me reconnoissant general le plus fort,
Ne sçachant point flatter les Chrestiens à la mort,
Ie viens de restablir les plus fortes Prouinces,
En remportant le prix à la barbe des Princes,
Apres c'ay entrepris, & à la fin dompté,

E

Nos ennemis fuyrars, & dans leurs lieux monté,
Ont-ils tourné le dos, ne m'ofant voir à face,
De toutes parts chocquez, ils ont toft vuide place,
Iufques aux derniers conflis la pluspart tombez morts,
N'ont fur terre laiffé en ionchée que leurs corps:
Amis ferez-vous voir au fuiet qui m'ameine,
Si vous fouftenez bien l'Ordonnance Romaine,
Ferez-vous voir comment les Chreftiens en ces lieux,
Se ventent à contredit pour ennemis des Dieux:
Où font-ils ces mutins creans d'outrecuidances,
Ne voulans obeir à ces fainctes puiffances,
Qui n'envoyent auiourd'huy des païs plus loingtains,
Le Prefect puniffeur ayant le glaiue en main,
Et la temerité auffi toft abbatue,
Qu'vn tonnerre grondans peut tomber d'vne nue,
Ainfi fçay-ie punir des humains les deffaux,
Bien vifte & iuftement de mille & mille maux.
Les Médes, les Gregeois, vrais enfans de proueffes,
Se tenans affeurez dedans leurs fortereffes:
Tous ceux de l'Orient affez adroits aux loix,
M'ont mis les eftendars de leurs prix autresfois,
Sans me bouger d'vn lieu feulement de menaces,
Par où i'ay élargis inftamment toutes graces:
Aucune refiftance à mes yeux n'apparut,
Sinon quelques Chreftiens que mes gens ont battu,
Et Rome n'a iamais veu plus affreux courages:
Qu'à lors que nos Guerriers, ont fait voir leurs courages.
Deffous l'Empire ainfi, ie tiens tout l'Vniuers,
Qui me doit redoubler de beaux lauriers couuerts.

DALAZAN.

Seigneur ie fuis tefmoin, & ie facre ma vie,
Contre les plus vaillans nourris de cette enuie:

Ie croy que ce Senat, & tous ses Citoyens,
Employeront leurs armes à battre ces Chrestiens,
Et ie te donne aduis à qui ne voudra croire,
De luy faire sentir des effects de ta gloire.
Et par vn iuste droict formel à mes raisons,
Dressons ainsi qu'ailleurs des estroites prisons,
D'où les cachots obscurs les priuans de lumieres,
Les empeschans du iour troublent aussi leurs prieres,
A toy seul reseruè le choix de les punir,
Ou de sacrifier te faisant obeir:
Les Dieux t'ont ordonné cette importante charge,
Si tu suis mes conseils sera à ta descharge,
Par les fruicts de valeur qui retiennent tes bras.
Tu les dois mettre à fin, & marcher à grand pas:
Ie dois par ce discours à ton adieu complaire,
Et que ces Alisiens ne descendent au contraire:
L'assemblée aggrèera que mes iustes deuoirs,
Appellent dans l'employ tes absolus pouuoirs:
Soyons tous suggerez des celestes propices,
Assis dessus les rangs à reprimer les vices:
Tu croiras donc Seigneur que ce diuin flambeau,
Au combat des Chrestiens ne voit rien de plus beau,
Ta generosité ayant conquis des terres,
N'a point de plus grand prix que de ces iustes güerres:
N'espargne tes bourreaux leur donnant de l'employ,
Et du cœur des Chrestiens fait vn chappeau de Roy.
Par ton basten Maior en tout lieu redoutable,
Tu rangeras ces gens au centre espouuentable,
Iusques tout soit finy, & qu'on n'en parle plus:
Qu'à la gloire des Dieux quand ils seront vaincu:
Il est temps que leur mort se fasse ouyr subite,
Qu'au fil de nos tranchans leur sang s'écoule viste,
Et tous les immortels au plus haut esleuez.

F 2

Tiendront de ta clarté les flambeaux conseruez.

OLIBRIVS.

Tes conseils Dalazan sont d'vn terme fort graue,
Sur vne planche d'or de ma main ie les graue,
Et i'entends que iamais ne soient mis en oubly,
Ny dans son fleuue noir des hommes enseuelis,
Du profond de mon cœur soient-ils recommandables,
Retenans plus des Dieux que des doctes honnorables :
Ie les crois, ie les suis, & la posterité,
I'en rendra le cordon de l'immortalité,
Par tes conseils receus ie tire à l'auantage,
Qui rallument des feux tres-saincts en mon courage,
Qu'il m'en semble desia vn triomphe puissant,
Incomparablement en des vertus croissans :
Dalazan que les Dieux m'ont enuoyé sur terre,
Que les Chrestiens redoubtent en Conseiller de guerre,
A la dan perissable, & au iour terminé,
Où l'abus de ces gens sera donc destiné,
D'vne regalité ie ioint à la parole,
Les sacrifices saincts du Temple de Iole,
En faisans à sçauoir aux Seigneurs Palestins,
Que ces mots sont dorez, & tout à fait diuins.

DALAZAN.

Ie n'attend pas Seigneur icy tant de louanges,
Mais ie fais plus d'estat de nos loix que des Anges :
Iusques à quand verras-tu d'vne derniere fois,
La Chrestienté reuesché, & contraire à nos voix :
Tu te peux d'vn moment, neantmoins ta memoire
S'abuse sans pecher à m'en donner la gloire,
Et comme tu me presse icy attention,
Ie ne me pare point d'habits d'ambition,
M'estudiant seulement à l'ordre de te plaire,
Et former pour nos Dieux vn parfait exemplaire,

Suiuant les bons conseils tels qu'ils te sont promis.

OLIBRIVS.

Fauory Dalazan tasche à cette déroute,
Iamais de ton conseil il ne faut auoir doute.

DALAZAN.

Tout à feu & à sang.

OLIBRIVS.

Hé bien chres Aliziens

DALAZAN.

Vous cueillerez des fleurs dans les champs elisicns.
Auouez

ARTHOCLES.

Entre-nous par succinte parole
Allumons de noueaux des feux, & qu'on immole,
Seigneur chacun l'entend, & chacun à part soy,
Et chacun de nous tous viuons dessous ta loy
N'en doute donc Seigneur, que si quelque Genie
Legerement deceuë, & quitte sa Patrie,
C'est attendant les coups de ta iuste valeur,
En traçant des humains vne totale irreux.

DALAZAN.

Ouy bien par chastiment donc pere venerable,
Pouuez recommander l'entreprise loüable,
Et semondre le peuple à la deuotion,
De peur d'apperceuoir quelque rebellion.

ARTHOCLES.

Seigneur sont les deuoirs qu'icy ie vous proteste,
Et qu'à vostre arriuee celebrions la feste.

CLEMENT.

Tout tout vous applaudit, Seigneur asseurez-vous,
Voyez nos Citoyens humblement à genoux,
Respectons vos beaux chefs reconnus tres-propices,
Aussi sont acceptez vos sacrez benefices,

Et vous mesmes apparans par des sainctes faueurs,
Tous couuerts de lauriers, ornez de tous honneurs,
Vos pouuoirs absolus de pure & pleine grace,
Sur tous nos ennemis ayent autant d'efficace :
Arrestez-vous Seigneur qui estes sur les rangs,
Que nul ne contredit à vos commandemens,
Et i'ay la force en main à vous faire connoistre,
Qu'en tous nos enuirons on vous estime maistre.

OLIBRIVS.

Clement ie te connois le plus grand de renom,
Et tes merites aussi sur nos rangs te semond,
Et ie sçay par recit ta pieté si grande,
Que tu peux à mes gens ce que ie leur commande :
Ie sçay, ie sçay le reste : aussi que tu consens,
A la perdition d'un ame de ton sang.
Qu'un arbre porte fruict, qui des mieux nous peut plaire,
En peut-on destacher quelque bouton contraire,
Portant dedans son cœur des petits vermisseaux,
Pouuant bien empescher les fruits de venir beaux,
Rien en toy ne corrompt la vertu toute nuë,
Embrassant & baisant la Iustice connuë,
Par honneur & par foy tu ne sçaurois nier,
Ce qui t'est arriué que ie dois excuser :
Car ton consentement ne s'attache à la fille,
Qui craignant ton courroux s'en est fuye de la ville,
Il falloit luy frapper le sein d'un coup mortel,
Tu n'en serois des hommes accusé criminel,

CLEMENT.

Seigneur ie te l'auouë, & l'haute Prouidence,
Ne m'en tiendra suspect d'aucune defaillance :
Il est vray que ie suis si mal-heureux puissant,
Qu'ayant trop de clemence on me nomme meschant,
Le croyras-tu Seigneur, le croiras-tu encore,

Que ie n'ay d'autres Dieux que ceux que tu adore,
Et n'attend pas de moy d'estre si aueuglé,
De me rendre plus bas en tel point abusé:
Au contraire, ie tiens les peres de nature,
Les vrais independans d'aucune creature,
Et s'expose vrayement la clarté de mes iours,
Amort auparauant l'issue de ton seiour:
Et pour faire paroistre à toute veue humaine,
Comme ie combat fort contre la foy Chrestienne,
Ie le confesse ainsi.

ASTHERE.

Et la mesme valeur,
A tes yeux grand Prefect engage mon honneur,
Et ie tesmoigneray d'vne si viue audace,
Que les coups sonneront auant que la menace:
Redoutable Seigneur en a-pû euiter,
Vn sort qui sur nos chefs a t'ou veu renuerser,
Et tous les déplaisirs couurant nos iustes plaintes,
Continuent sans cesser nos detresses non feintes.

PROTINE és pieds d'Olibre

Helas iuste Seigneur! a tes pieds reçoit mey,
Mon frere & mon espoux t'asseure nostre foy,
Aussi ne puis-ie pas d'auantage te dire,
si tu sçais nos deffauts n'épargne le martyre,
Et tu l'apperceueras par nos viues raisons,
Que nos fidelitez sont nos soubmissions,
Mais dédans l'innocence & non pas dans les crimes,
Aussi les tiendras-tu pour des sainctes victimes.

OLIBRIVS.

C'est assez ie vous voy, enfans benits des Dieux,
vous voy redoubler reueremment vos vœux:
Allons nous reposer.

HEROS des Gardes.

             Seigneur, & fur vos Gardes
Ces illustres Alisiens vous admirent & regardent,
Sçachans bien que vos fait entierement couuerts,
De generosité font par tout l'Vniuers,
Donnant toute terreur.

SCENE. II.
REINE, ALGERIDE.
REINE.

            OV sont nos brebiettes,
Il est temps de les voir broutter de ces herbettes,
Algeride passons le long de ces costaux,
Nous tirerons de la à l'ombre des Ormeaux,
En tel lieu ferons nous nos petites prieres,
Au grand Dieu qu'il ait soin de ses humbles Bergeres.
ALGERIDE.
Ma Reine pardonnez, vous n'en parlez pas bien,
Apres auoir ouy nostre doux entretien,
Retenez auec moy ce qu'a dit Theophile,
Il nous a deffendu d'approcher de la ville,
En ayant peur de nous, & le déguis d'habits,
A couurir nostre foy de peur des ennemis.
Ne nous émancipons, & craignons nostre perte,
Nous prierons Dieu ailleurs dessous l'ombre secrette,
Et par mesme moyen nos maistres n'auront peur,
Connoissans que pourrions choir en quelque malheur,
Obeissons les donc, éuitans l'infortune,
Faisans d'vn autre endroit nostre meutte commune,
Fauorable à garder tous nos petits laineux,
Où la paix nous accouple és bois ombrageux:
Tous ces chemins ouuerts où l'on passe & repasse,
Trauersans & croisans sont des douteuses places,

Et les ecarts des bois, comme innocens seiours,
Sont que trop de tesmoins de nos propres amours:
Tirons donc par deça ainsi qu'on nous commande,
Et parlons en secret, & qu'on ne vous entende.

REINE.

Algeride pourquoy n'aggréez-vous ces lieux,
Faut-il craindre l'affront pour ce grand Roy des Cieux,
Non non, tout autrement, sommes-nous sous sa garde,
Aussi asseurons-nous, son esprit nous regarde.

ALGERIDE.

Prenez garde auiourd'huy de tomber aux hazards,
Ie predis, ie le sens.

REINE.

Les suprémes regards
Qui rayonnent sur nous ont bien autant de forces
Que tous ces infidels, & surquoy ils s'efforcent,
Choisissez donc la crainte, & moy la liberté,
Aux hazards, aux hazards, de franche volonté,
Ie sens mon temps venir, qu'il approche tant viste,
Que ie ne m'enfuye plus, ny ne prenne la fuite.

ALGERIDE.

Ah! cruelle à vous mesme, ah! trop forte de cœur,
Vostre vray naturel peut-il estre sans peur,
Reseruez-vous encore, helas! ie vous supplie,
Car de nous separer ce n'est pas mon enuie,
I'entend desia sonner les trompettes & clairons,
Qui vous somment à la mort depuis ses bastions.

REINE.

Ie dois auoir du cœur, craignez-vous Algeride,
Qui voit mon vestement voit l'habit d'vn Alcide,
Ie ne sçaurois auoir victoire sur combat,
Ce qu'vn vray cœur de Reine a choisi pour ébat.

ALGERIDE.

Ah! Dieu donc ie vous voy? tomber en precipice.

REINE.

Vous me le permettrez.

ALGERIDE.

Qu'auec vous ie perisse.

REINE.

Allez retirez-vous, laissez-moy à penser.

ALGERIDE.

Du costé des Ormeaux voyez vn train passer,
Nous sommes découuertes, helas que puis-ie dire,
Si c'estoit ce Preuost craignez-en le martyre,
Allons nous-en d'icy.

SCENE III.
OLIBRIVS, DALAZAN, HEROS DES
GARDES, ROZELAY, REINE, ALGERIDE,
THEOPHILE entre apres.
OLIBRIVS.

Vrayement ce beau seiour
Me promet auiourd'huy quelque marque d'amour,
Que ces valons sont beaux aussi sont ces colines,
Ces villages plaisans qui fretiles ennuoisinent,
Cette noble Cité, aussi ces Citoyens,
Sont autant complaisans qu'ils possedent de biens.

OLIBRIVS apparceuant Reine d'assez loin.
Qu'elle saincte beauté, icy à la trauerse,
Captiue mes esprits, qu'elle saincte Deesse?
Ie la contemple encore, & les traits de ses yeux,
Me semblent deux flambeaux qui descendent des Cieux,
Mais pour considerer le vermeil de sa face,
Elle est vn peu bien loin pour iuger de sa grace,
Ie la voy, ie l'admire, & ses attrais puissans,

Peuuent bien affoiblir les esprits plus recens,
Et ie croy que les Dieux l'ont enuoyé sur terre,
Pour me salarier des exploicts de leur guerre,
D'auoir bien sousteru leur supreme party,
Es pais plus loingtains comme ie fais icy :
Cette beauté tousiours vne autre fois m'affole,
La faisant approcher qu'on luy porte parole,
Desirant de la voir & de l'entretenir
Quelque petit moment, & icy discourir :
Page ? en tout respect accoste cette belle,
Et sans point l'estonner dis-luy cette nouuelle,
Que ie luy veux porter entiere affection,
Qu'elle aggrée le suiet de ta commission.

ROZELAY.

Ouy Seigneur, ie suis prest d'aller à cette belle,
Et luy faire sçauoir l'amour qu'auez pour elle.

DALAZAN.

De mesme coup que toy ie suis frappé, Seigneur.

OLIBRIVS.

De sa diuine flamme elle me frappe au cœur.

DALAZAN.

Seigneur, si elle est noble, & te veule complaire,
Tu la peux espouser & iouyr de sa gloire,
Mais d'vn rustique estat soules-en tes plaisirs,
Et tu la retiendras és frais de tes desirs.

OLIBRIVS.

Ie sçauray son estat, & de quelle fortune,
Elle décoche vn dard d'amour qui m'importune,
Page depesche-toy.

ROZELAY parlant à Reine.

Ah bel astre du iour,
Ce grand Olibrius frappé de vostre amour,

M'enuoye vous saluer d'vne voix retenüe,
Que vous luy témoigniez icy sa bien-venüe.
Beauté entendez-moy, l'abord vous est heureux,
Rendant au premier pas ce Seigneur glorieux :
Sus ne vous estonnez d'vne saincte rencontre,
Car iamais tel bon-heur à vos yeux ne se monstre :
Bergere éueillez-vous, leuez vn peu les yeux,
Ne refusant d'ouyr quelques mots soucieux,
Et verrez vn Seigneur vous tenant adorable :
Puissance nèe des Dieux, Deesse veritable :
Estes-vous en ce lieu si long-temps sans parler ?
Touchez de vos regards qui vous vient adorer,
Puis que ie viens à vous, apporter les nouuelles,
Telles qu'à vos beautez rend des graces eternelles :
Et se sentant espris d'vn tel estonnement,
Qu'il tient en poinct d'honneur de vous voir vn momens,
Sus sans peur, ô beauté, ô beauté la plus saincte,
Approchez luy parler, & n'ayez point de crainte.

REINE.

Iamais ie n'ay appris à faire compliment.

ROZELAY.

Ie vous rend tous respects par son commandement,
Belle permettez-moy qu'au regard de sa face,
Vous versiez des rayons de vostre bonne grace.

REINE.

Ne pouuant resister à vos pas soucieux,
Ie voudrois éberger tous ces petits laineux,
Monsieur permettez-moy que dans la Bergerie,
Ie rende ce troupeau de peur qu'en ne m'en crie,
Et ie dis vn adieu . car infailliblement,
Ie suis prise, ie sens vn triste euenement.

ROZELAY.

Qui voudroit refuser, ne craignez rien la belle,

Et viste despechez que ie rende nouuelle.

REINE appelle Algeride.

Algeride, Algeride, à moy c'est à ce coup,
Qu'on me vient emmener, & i'abandonne tout.

ALGERIDE.

Ie l'ay tousiours bien dit qu'à la fin seriez prise,
Deuiez-vous vous tenir sur le chemin d'Alize,
On vous l'a deffendu, & vous en estes ainsi.

REINE.

Vn cœur comme le mien ne s'en met en soucy,
Ma mie ie n'apprehende.

ALGERIDE.

Helas ! chere cruelle,
De nous voir separer, qu'vn regret me bourrelle.

REINE.

Vous estes trop peurreuse, & n'aues point de cœur,
Vos resolutions se nourrissent de peur,
Retournés nos moutons, & dites à ma nourrice,
Ce qui m'arriue icy, & qu'elle me benisse.

ROZELAY.

Allons pucelle, allons c'est assés.

REINE.

Ie vous suis.
Et vous pourrés sçauoir au plustost qui ie suis.

ALGERIDE.

Ah pauure desolée ! ah l'oseray-ie dire !
Vous allès en vn lieu où le iour ne peut luire.

ROZELAY.

Approchant maintenant d'vn si braue Seigneur,
Desirant de vous voir iouyr de sa faueur.

REINE.

Ie luy en fais refus desia ie vous asseure,
Fauorisée d'vn Dieu recteur de la Nature.

OLIBRIVS.

Ie te voy maintenant, beauté qui vient des Dieux,
Et qui sans echellons est descenduë des Cieux,
Iupin à goutte d'Or t'a fait naistre en ce monde,
Par vne douce pluye à te voir sans seconde,
Et iamais n'ont paru deux traits si merueilleux,
Qu'à lors que i'as finé mon regard sur tes yeux
Les Dieux me permettront à present de te di
Que ie souffre enuers toy vn amoureux martyre
Ressentant que tes feux ont beaucoup de pouuoir,
Puis que tout redoubté ie t'offre mes deuoirs.
Approche-toy de moy par vne saincte enuie,
Qu'vn amour reciproque entretienne ma vie:
Dis-moy les geniteurs qui t'ont fait voir le iour,
Ayant peint sur ton front tant de marques d'amou,
Permettront vn baiser sur ta bouche enfantine,
Me decouurant les rais de ta flamme diuine.

REINE.

Ah Iesus ! ô secours.

OLIBRIVS parlant à Dalazan.

L'entrée de son discours,
Corrompt ma liberté & trouble mon amour,
Mais ie dois plus auant découurir l'auanture,
Afin de mieux sçauoir qu'elle est sa geniture.

Parlant à Reine.

Belle qui es-tu donc, & qui sont tes parens,
Tu as posez deux mots qui sont impertinens.

REINE.

Ie suis sous cet habit en verité Chrestienne,
Issuë de Noble sang, & m'appelle-t'on Reine,
Fille du grand Clement premier des Alisiens.

OLIBRIVS.

Il est vray ie le sçay, l'honneur des Citoyens,
Aussi de ses beaux traicts tu dois suiure l'exemple,
En maintenant qu'vn rang, & ne bastir qu'vn Temple,
Pour inuocquer les noms de nos Dieux immortels,
Renouuellant des vœux és pieds de leurs Autels.

REINE.

Ie n'adore qu'vn Dieu que i'ay choisi pour pere,
Puis que de sa vraye foy i'ay reçeu la lumiere,
Et qui me tient liée estroittement en corps,
Si bien que c'est à luy, & ma vie, & ma mort.

OLIBRIVS.

Reine tu ne sçais pas que pour toy ie proteste,
Sous le nœud coniugal vne celebre Feste,
Ie te promet la foy, aussi veux-ie t'aymer,
Et par ton Noble sang auiourd'huy t'epouser:
Si tu viens renoncer cette foy idolatre,
Où la fausse doctrine est apres de t'abbatre,
Où des petits frissons qui troublent tes esprits,
Par enseignemens vains legerement appris:
Ie voy bien que tu es par ces champs egarée,
Et que l'honte & l'habit te rendent deguisée:
Il est facile à voir que ton front reluisant:
En son estre n'a point façon de passant:
Resous-toy de m'aymer, sera ton aduantage,
Aussi ie te douëray d'vn riche Mariage.

REINE.

Ie n'ay point d'autre Amant que le Dieu des Chrestiens.

OLIBRIVS.

Et cêt Amant tout seul te priuera de biens,
Laisse enuoller en l'air tant de sourbes pensées,
Et des illusions les vollages fumées,
En adorant nos Dieux tes diuins protecteurs,
Qu'ils te veulent sauuer icy de mes fureurs.

REINE.

Dieu conseruez en moy vne fleur virginale,
Que ie vous ay voué en amour cordiale:
Vous sçauez de mes flancs la pure chasteté,
Le cordon qui me lie en ma virginité:
Helas regardez-moy, & ne laissez destruire,
Un Temple consacré a vostre sainct Empire:
Mon Sauueur ie vous rend mille grace a iamais,
Et comblez mon esprit de force desormais.

OLIBRIVS.

A qui te confie-tu, & ne veux-tu entendre
Que tu tiens des discours qui te peuuent surprendre,
Arreste, arreste-toy, viens éuiter ces maux,
Ou ta presomption essayera mes Bourreaux,
Et considere vn peu ta baeuté, & tendresse,
Reconnoissant en toy tout autant de foiblesse.

REINE.

Ie ne quitte mon Dieu aduance tes tourments,
N'espargne tes bourreaux fais leur commandemens.

DALAZAN.

Seigneur tu l'entend bien ? i'auoüe qu'elle soit belle,
Donnez-luy pour ioyaux vne chaisne cruelle.

REINE.

Viste, viste soldat qu'on la charcge de fer,
Qu'elle sçache a l'instant ce qu'elle peut peser.

DALAZAN.

Tu dois bien guerer ce que ie te propose,
Que dans le fort de Flaue a l'estroit soit enclose.

REINE.

O supplice amoureux, agreables tourmens,
Venez me faire voir l'entrée du Firmament.

THEOPHILE entre.

Qu'est-ce icy donc Messieurs, vous faite mon office,

ie la veux enchaifner en vous rendant feruice.

DALAZAN.

Doù vient cét Officier, foldat qu'on parle à luy,
Et qu'il furueille bien au danger qui le fuit.

THEOPHILE

Ouy Seigneur, ie fuis preft par les Dieux, ie protefte,
Que ma fidelité vous fera manifefte,
Ie feray s'il vous plaift Geolier à la garder,
De façon qu'elle aura fuiet de s'en greuer.

OLIBRIVS parlant à Dalazan.

Ce vifage me plaift, & ie croy que fa mine,
Ne trompera nos yeux d'une fauffe machine.

THEOPHILE.

Monfeigneur, fçachez donc que ma fidelité,
Conferue bien les loix de vôftre authorité,

REINE.

Hé bien donc Theophile, employe bien cét office,
La fin t'elargira vn ample benefice.

THEOPHILE.

Ton bon temps a paffé les fins de la mercy,
Vfe de prouoyance à ton futur foucy.

OLIBRIVS.

Sus fus fans entretiens, au cachot fort & ferme,
Et qu'on ne faffe cas de fon ennuyeux terme,
Qu'on la garde inftamment foldats & fans pitié,
Et ne luy montrez point aucun traict d'amitié:
Cependant Dalazan, inuocquons les propices,
Pourfuiuons l'Allemagne aux humbles facrifices,
Et d'vn heureux retour nos pouuoirs refolus,
Rangeront par deçà les Chreftiens abbatus.
Soyons preft à partir.

SCENE IV.
REINE, THEOPHILE, HEROS, DES
Gardes, Alichriste, et Algeride
entre apres. *THEOPHILE.*

Regarde pauure Fille,
Tu laisse les plaisirs des champs & de la ville:
Le cachot plus sombreux est-il à ton choisir,
Afin d'y soûpirer auec trop de loisir.
HEROS des Gardes.
Beauté prend garde à toy si tu te liure aux armes,
Nous sommes deuant toy pitoyables gendarmes:
Viens adorer nos Dieux, & t'oste de ses fers,
Qui te serrent attendant d'autres tourmens diuers:
Resous-toy de mourir, si tost tu ne desnie,
L'erreur dont les Chrestiens ensorcelle la vie,
Il vaut mieux auerer ces autheurs immortels,
Comme l'on reconnoist dans Flaue leurs Autels,
T'y conduisons d'abord en vne prison noire,
Sous terre où tu perdras le iour & la memoire.
REINE
Ie ne quitte mon Dieu, suiuez vostre chemin,
Poursuiuez de vos loix le trac assez malin:
Taillez, couppez, brisez d'vne vaine puissance,
N'offençant mon honneur chargez-moy de souffrance.
HEROS.
Allons tu parle trop, tu découure le bras,
Qui doit s'ensanglanter en t'ouurant le trespas,
Et de tous les efforts que nostre loy t'ordonne,
A toy mesme cruelle, à toy tu ne pardonne:
Marche donc sans flatter, voyant que ta beauté,
S'éclipse sous le sort de ta desloyauté.

Et le plus amoureux te voyant opiniastre,
D'agneau deuiendroit loup, & d'amant vn marastre.

REINE.

Trouuez inuentien à me faire endurer.

THEOPHILE.

Tu plie dessous ces fers, & si tu veux iaser.

ALICKHISTE & ALGERIDE entrent.

Allons courrons apres, allons viste Algeride,
Il faut suiure ces pas en ce vallon humide,
Ie n'en puis desia plus ; & semble que mes sens
Se rengent a la rigueur que ma fille ressent.

STANCES.

Quelle cruauté inhumaine,
S'abbat sur ma petite Reine :
Qui se voudroit dresser contre la Deité,
Helas ? c'est bien en vain, car cette tyrannie
Se consomme d'horreur contre la verité,
Ne se vangeant que sur la vie,
En voulant depiter l'Autheur d'humanité ;
Par incredulité.

Ma pauure fille ie te pleure,
Et l'Eternité tu m'asseure,
Mais helas qu'il m'est dur de te voir endurer ;
Ie voudrois comme toy me liurer à la chaisne,
En courant apres toy i'y veux participer ;
Que ie t'ayde a cette peine,
Afin qu'vn doux espoir comme le tien vainqueur
M'esleue à mon Sauueur.

T'en veux-tu aller la premiere ;
Ne m'oublie pas en ta priere,
Mon cœur s'en va mourant de te voir separer ;
A moins qu'auec toy ie n'aye sur moy victoire,
Et passant sur tes pas ie puisse surmonter ;

G 2

Puis qu'il faut vaincre pour la gloire,
Ma resolution est vn ferme bouclier,
A Dieu glorifier.
Mais encore ma chere fille,
Apres auoir quitté la ville,
Et d'vn pere cruel auoir fuy les coups,
I'ay creu pour te cacher que l'habit de Bergere,
Estoit pour te sauuer de la gueule des loups :
Tu as esté vn peu legere,
D'auoir pris le chemin qu'on t'auoit deffendu,
D'ou le mal-heur venu.
Maintenant que ie te voy forcée,
Deuant mes yeux & enchaisnée,
Ah que cét accident me couure icy de dueil,
L'innocence oppressée est proche du supplice,
Et m'enuoye promptement dans vn triste cercueil.
Nos deux hosties en sacrifice,
S'éleuent iusques aux Cieux, & les deux autres exprés,
Les suiuent de bien prest.

ALGERIDE.

Ces perfides voit-on alterez de sa vie,
Qui tiennent l'innocente en proye de tyrannie,
O cruels pourquoy donc emmenez-vous ma sœur,
En la chargeant ainsi de telle pesanteur,
Ie ne la veux quitter, & cette mesme chaisne,
Seruira sur ma foy d'vne amoureuse peine.

ALICHRISTE se iettant sur Reine.

Helas, cher enfançon ! helas que de rigueur,
Que ton fardeau pesant me trauerse le cœur :
Laissez donc inhumains ma moitié la plus chere,
Ou bien bourreaux cruels ostez-moy la lumiere.

HEROS.

Vous allez receuoir vn coup d'auidité,

L'office que ie porte est tout premedité.

ALICHRISTE.

Percez-nous de vos lames, ô rigoureux Ministres,
Et rendez sur nos corps vos obstacles sinistres:
Courir à l'Occident de son triste appareil.
Ie perds tout, ie me meurs, ie voy mon beau Soleil,
Ah Dieu!

THEOPHILE.

Retirez-vous.

ALICRHISTE.

Est-elle prisonniere
Seule? non ie la suy, malgré vostre colere.
Helas!

THEOPHILE.

Garde les coups, & crains d'en receuoir.

ALGERIDE.

Auriez-vous bien le cœur d'vn si lasche vouloir,

ALICHRISTE.

Ah Dieu! ah Dieu! ie meurs, Algeride ma mie,
En me priuant de Reine, on me priue de vie.

THEOPHILE.

Veux-tu estre complice & te mettre en danger.
Femme retire-toy.

ALICHRISTE.

Que ie baise ce fer,
Et me terrasse icy plustost que vos Idoles,
Ie confesse pour Dieu de cœur ny de parole,
Ie veux suiure ma fille & en sçauoir la fin,

THEOPHILE.

Tu ne la verras plus ny soir ny au matin,
Les heures de ses iours s'en vont bien-tost sonnées,
Par des coups asseurez dessus sa destinée.
Nous voicy au dessus de ce penible mont,
Ou le nom de Chrestien n'aura iamais pardon.

REINE à l'entrée de la prison.

Lieu que i'ay tant de fois desiré par mon ame,
Ou ie verray reluire vne diuine flamme,
Transperçans dès les Cieux ces planchers obscurs,

Iusqu'a son fondement le rendant éclaircy.

ALICHRISTE.

Ie ne te quitte point vray soleil de ma vie,
Et ne veux-ie euiter la mesme tyrannie.

ALGERIDE.

Ah quelle cruauté ! ah puissance des Cieux !
Iusques a quand finiront ces trauaux rigoureux.

Cœurs des noueaux Chrestiens.

PHILISMON Noble Citoyen, ORANCE la Femme,
TARSILIE leur Fille. PHILISMON.
     C'est vne foy tres-veritable,
     La constance y est admirable,
     Apres ces signes reconnus,
Vraymant ce Dieu puissant, ce Pere des vertus,
     Donne à Reine assez de force,
Elle veut bien souffrir les prisons & les fers,
     Baissee dessous tant de diuorce,
Reconnoissant vn Dieu seul sur tout l'Vniuers,
     Ie me rend aussi à la suiure,
     Sans plus douter mourir ou viure,
     Et me leuer à cêt honneur,
Benissons à iamais, benissons ce Seigneur,
     Oublians tous ces idolatres,
Ils sont materiels & prêtis des humains,
     Sans rien craindre il faut les abbaitre,
Puis qu'vn Dieu mort en Croix fait des signes si saincts,
ORANCE.   Mon Espoux sa Doctrine est saincte,
     Ayant veu Reine d'vn fer ceinte,
     Rien ne me touche de plus prest,
Ie veux courir à elle, & par des termes exprés,
     En confesser Dieu à voix claire,
Benis le iour cent fois que cette Deité
     Renuerse icy son luminaire,

Ie veux auſſi mourir pour cette verité.
        Sans plus tarder ie cherche Reine,
        En deſirant auſſi ſa peine,
        Bourreaux qui ſoient & ſans pitié,
Oublians ſa grandeur de Noble & d'amitié,
        Ie me iette en ſes maux ſans craindre:
S'en eſt fait, ie me ſens embrazée de tels feux,
        L'amour Diuin me vient d'atteindre,
Reſſentant bien ces coups tout à fait glorieux.
        TARSILIE. Auec vous parens honorables,
        Nos trois cœurs ſont inſeparables,
        Nous ſommes éclairez d'vne Foy,
        Et Ieſus Createur du monde,
        Faſſe par ſa grace feconde
Luire deſſus nos fronts la marque de ſa loy,
        Eſperans la vie eternelle,
        Voyons cette fille ſi belle,
        Reine mal-traitée en priſon,
        Iamais, dit-on, ſon cœur n'y change,
        Elle ne ceſſe à Dieu loüange,
Touſiours & ſans repos eſt en deuotion.

ACTE V.
SCENE PREMIERE.

CLEMENT, ASTHERE, PROTINE, AMELIN,
REINE ſortie des priſons de Flaue, & conduite au
Chaſteau de Grignon par les Gardes, & Theophile
& les Heros des Gardes.   CLEMENT.

NE ſuis-ie pas contraint de me confondre en larmes,
D'vne iuſte fureur m'enfillant en mes armes,

Cherchant vn precipice & m'elancer au fond,
Auant qu'Olibrius me fasse aucun affront.
Ma noble qualité se sentira vaincuë,
Voyant ce grand Guerrier en seconde venuë :
Car ie sens mes esprits oppressez de remords,
Me voulant renuerser au partage des morts,
Adieu donc liberte i'ouure ma sepulture,
Ie dois estre oublié des fils de la Nature.
Grands Dieux qu'en iugez-vous, ay-ie offencé vos loix,
Et que de ce tranchant ie meure mille fois,
Reconnoissant ma fille enuers vous si maudite,
Mais ny consentant point, plustost la mort subite,
A vos yeux frere & sœur fusse-ie le bourreau,
Iugez la que ie l'aye en cens mille morceaux :
Nos grands Dieux tutelaires aggréeront que ces peines
Benissent par mes mains leurs bontez souueraines :
Où est-elle maintenant, & sçauray-ie en quel lieu,
Y planter ce cousteau en dépit de son Dieu :
Est-elle loin d'icy retenuë prisonniere,
Retardant ie met trop d'esteindre sa lumiere.
Parlez viste i'y cour, que la mort par son sang,
Me rougisse les bras és remords que ie sens.

ASTHERE

Ie vous le fais sçauoir, c'est au chasteau de Flaue.

CLEMENT.

Qu'on la tire de là, & qu'on la traisne esclaue,
Iusques au Fort de Grignon telle est ma volonté,
A Flaue le Chrestien parle trop l'affronté,
Au plustost, au plustost, sus Page diligence,
Quelle soit tost chastiée aux yeux de ma puissance,
Et sans autre retard, viste nous attendrons,
Qu'elle arriue à la fin où nous la dessions.

AMELIN.

Ouy Seigneur soit tost fait, i'y employeray ma peine.
CLEMENT.
C'est la raison d'vser d'vne nouuelle gehenne,
L'ayant tousiours connuë inflexible à nos voix,
Adorant ce Dieu Christ qu'elle dit Roy des Rois t
Vous plairez-vous grands Dieux à deliurer mon ame,
Du plus rude combat de rage qui l'enflamme,
Et m'enseuelissez au plus profond des eaux,
Bellonne m'enfonçant n'importe en quel tombeau,
Rigoureux immortels qui prolongez ma vie,
Iugez quel est mon tort, s'il faut que ie le die:
Zelé m'auez connu aux pieds de vos Autels,
Et seroit-ce peché d'estre des plus cruels,
Battant iusques à la mort la fille qui denie,
Offrir, & vous tenir de puissance infinie.
I'attend de vous vanger sur ma maudite enfant,
Si ie ne peche pas finissez mon tourment,
Et viuant en l'estat de nostre Republique,
Alize en retiendra vne exemple tragique,
Admirant que mon bras constamment retroussé,
Rende ce maudit corps en neant renuersé,
Ie me suis tousiours dit de cette fille Pere,
Mais ie l'ay fait nourrir du laict d'vne Megere.
PROTINE.
Comme vous en parlez aussi accusez nous,
D'auoir commis ce crime à mesme temps que vous?
Chacun de nous en est atteint de mesme peine,
Qu'on n'en sçauroit traiter qu'en menace inhumaine,
Escriuez vostre fille au temple de l'oubly,
Comme vn traict dépanné dont on n'a plus soucy.
CLEMENT.
Et iusques apres sa mort ie ne laisse de dire
Qu'vne prison est peu à l'égard du martyre,

PROTINE.

Vous m'aoüerez que c'est l'entrée de ses tourmens.

CLEMENT.

Mais ses tourmens, ie dis, sont griefs à ses parens.

PROTINE.

Et si les Dieux permettent apres tout qu'elle change.

CLEMENT.

Ie verrois vn enfant qui sembleroit vn Ange,
Ie verrois vne fille en descendre des Cieux,
Renaistre (sembleroit) de deux corps vertueux,
Non ie n'en croiray rien, c'est vne abominable,
Ne me recognoissant aussi la donne au Diable :
Ie la voy, ie l'entend desia sous des soûpirs,
Ses bras auec son cœur chargez de desplaisirs :
Ie te tiens maintenant infernale Megere,
Qui t'a changé ainsi de noble en Boccagere :
S'il est vray que le sort accourcisse tes pas,
Le premier de tes iours te deuoit le trespas.
Viens-tu donc approcher le tranchant de l'espée,
Viens que d'vn prime abord ta poictrine entamée,
Rende ce que Nature y a contribué,
Comme les Dieux t'auoient d'vne ame attribué,
D'vn miroir raisonnable empreint dessus ta face,
Et ton esprit ingrat mesuse de leur grace :
Tu moueras mal-heureuse, & par viue langueur,
Nourris-toy de soûpirs creuant par ma fureur.

HEROS.

Tout beau Seigneur, tout beau, nous sommes respensables
Ne luy montrez des feux d'auantage effroyable.

CLEMENT.

Mes amis ie la dois outrer ou estrangler,
Ie ne puis autrement tous mes desirs borner.

HEROS.

Attendez s'il vous plaist l'arriuée du grand Maistre,
Les deuoirs de Iustice on vous fera connoistre.

CLEMENT.

Puis que ie ne puis pas l'arracher de vos poigs,
Gardez d'estre punis si vous manquez de soins.

REINE enchaisnée.

Ie suis où mes desirs amoureux me retiennent,
Aussi de me veiller ne vous mettez en peines,
Faite à vostre vouloir, & ne me croyez pas,
Craintifue dans ces fers à fuir le trespas.

CLEMENT.

Puis que ce mal commun de plus en plus me presse,
Que chaque de ces mots cœur & foye me traspercent,
Asseurez-vous de moy d'auoir quelques beaux dons,
Si vous l'emprisonnez au chasteau de Grignon,
Ie ne l'asseure point dans le Temple de Flaue,
Car c'est vn lieu suspect où les Chrestiens nous brauent.

THEOPHILE feint d'estre Payen.

Veut-il douter icy qu'on nous l'oste des mains,
C'est auoir enuers nous des sentimens peu sains:
Ie ne connois plus rien en son triste genie,
En croyant la tuer d'vne rage inouye.   REINE.

Laissez-le mettre en feu au suiet de ma mort,
Rougissant pour vos Dieux auec trop d'effort,
Cognoissez maintenant me trainant innocente,
Que son ardant courroux icy ne m'épouuante,
Et ie croy par ces mots encore vous toucher,
Que dans la saincte foy vous puissiez tost ancrer,
D'illuminer vos cœurs, c'est à moy Dieu supréme,
Qui sur vn conuerty forme vn beau Diadéme,
Suiuant qu'il appartient és traits de sa valeur,
Faisant voir pour la foy des preuues de son cœur,
Et d'vn auant-propos surhaussant son langage,

Souſtenant qu'vn ſeul Dieu les Monarques partage,
C'eſt ainſi que ie veux eſclaue entre vos mains,
Faire retentir l'air de ſes propos bien-faits :
Et i'eſpere en ſortant d'eſtre des plus contantes,
Quand ma mort guerira pluſieurs ames aſſiſtantes,
Qui me verront de preſt ces ſupplices endurer,
Mais qui ne pourront pas enfin me ſurmonter,
Et cette épreuue auſſi infaillible à leurs ames,
Les peut bien eſleuer à ces diuines flammes :
Vous auez entendu pendant noſtre chemin
D'Aſize iuſques icy vn diſcours tout diuin :
Ie ne ſuis qu'vn organe en ces douces paroles,
Vous annonçant ce bref de briſer vos Idoles :
Nous voicy à cette heure au Chaſteau de Grignon,
Ce lieu eſt ſans pitié à l'eſgard de mon nom :
Tout à vos voloutez, & ſans me faire grace,
Ie fais vn Paradis d'vne chetiue place :
Ouurez cette priſon deſpeſchez-vous Geolier,
C'eſt vn preparatoire à s'immortaliſer.

THEOPHILE.

Entre donc là dedans, & plus ne nous caiolle,
La teſte me fait mal de ton dire friuole.

HEROS.

C'eſt aſſez compagnons icy l'entretenir,
Laiſſons-là en ce lieu ſoûpirer à loiſir,
Et s'il eſt à propos que nos forces repoſent,
Pendant que ſes eſprits à ſes peines s'expoſent.

GARDE D'OLIBRE.

Iuſtes Dieux ne dormons, & ſçachez que Clement,
Entend que la veillons ſur tout fidellement,
Ayant promis des dons à noſtre ſurueillance,
Nous aurions dons grand tort de cheoir en defaillance,
Briſons noſtre repos, quelque droſle ſubtil,

Rauageroit icy, & l'enleueroit-il :
Il ne faut pas de loin quitter la prisonniere,
Sorciere comme elle est, & d'vne humeur trop fiere,
Estes-vous tant lassez, pourtant ne dormons point,
Beuuons en attendant que le iour picque au poing,
Ou mort-non ie rompray toute chence suiure,
Iusques à temps que son pere ait passé son enuie,
Sçachez donc de poser Corps de garde asseuré,
Puisque nous auons droit d'Olibre redoubté,
Qui ne retardant pas son retour d'Allemagne,
Par le sang des Chrestiens rougira la campagne.

SCENE II.

REINE en prison visitée par deux Anges.
THEOPHILE Geolier.

REINE.

O Mon celeste Espoux, vous connoissez mon cœur,
M'enchaisnant du lien de vostre amour vainqueur,
De ce lieu obscurcy dissipez les nuages,
Ainsi que vos rayons renforcent les courages :
Ie me suis preparée à ces faits glorieux,
En quittant volontiers la terre pour les Cieux :
Rien de moy ? ô Seigneur, & c'est c'est vostre grace,
Qui me console icy en cette noire place,
Sans vous ie ne puis rien, & ie perdrois le prix,
Attachez aux rempars du celeste pourpris :
Ie le veux conquester au despend de ma teste,
Et vous rendre par là mon amour manifeste,
N'attandant de la mort qu'vne vaine vapeur,
Comme ie voy icy vostre saincte lueur.

L'ANGE premier.

Courage mon soucy, & du grand Dieu cherie,
Ie viens rendre icy bas ta prison éclarcie,

T'aſſeurant que les fers qui te ſerre le corps,
Te rendront immortelle au meſpris de la mort:
I'ay bien ouy ta voix qu'au deſpend de ta teſte,
Eſpere-tu d'entrer au Royaume celeſte,
Auſſi croirras-tu donc que les cruels tourmens,
Ne fletriſſent iamais les fleurs du firmament:
Ne perds pas le courage, & voit cette couronne,
Eſmaillée richement, que Ieſus-Chriſt te donne,
Bien autre que les Rois ne poſſedent icy bas,
Et te demeurera ſans fin, n'en douſte pas:
Remercie l'Eternel, & luy rend mille grace,
Ta pureté au Ciel te prepare vne place,
Redoublant ta couronne en faueur de tes ans,
A la virginité coniointe à tes tourments,
Ne té meſſiant point, ô vertueuſe fille,
De tes cheres compagnes auec Theophile:
L'amour qui les retiens conſtamment pour la foy,
Les boucle d'vn combat pour la Diuine Loy.

REINE.

O glorieux ſupport, Ange mon allegreſſe,
Faites-vous d'vn clin d'œil tomber voſtre viteſſe,
De cœur ie vous embraſſe, & ne puis-ie de bras,
Puis qu'ils ſont enchaiſnez attendans le treſpas,
Que Theophile euſt veu voſtre ſaincte lumiere,
S'il ne manque de foy pour luy ſoit ma priere,
Auſſi témoignez-luy voſtre ſaincte amitié.

L'ANGE ſecond.

Cette ardeur qui vous lie en meſme integrité,
Le rend inſeparable à la foy aſſeurée,
A l'égard de la Loy où tu es enſeignée,
Vrayement tu les connois en la crainte de Dieu,
Doüez d'aſſez de force à ſouffrir en ton lieu,
Et ſi tu les auance à ioüyr de la gloire,

Retiens de les attendre en la mesme victoire,
Où la conuersion se verra hautement,
Venant de ton Martyre auec estonnement,
Sur l'infidel troupeau connoissant ta constance,
Sans cesser d'inuocquer l'Eternelle puissance,
Et à te voir sur l'eau entendant vne voix,
T'appeller sainctement comme Reine à son Roy.

THEOPHILE entre.

Ah! que voy-ie en ce lieu, quelle saincte lumiere,
Esclaircy la prison parle à ma prisonniere,
Esprits saincts arrestez encore vn peu de temps,
Iusques Reine ait receu ce petit aliment

REINE.

Theophile auancez, auancez mon cher pere,
Et soyez iouyssant d'vne saincte lumiere:
Auez-vous apperçu ces Messagers des Cieux,
Me venans presenter des bouquets gracieux,
Sont des arres de Dieu à supporter ma chaisne,
Effect de sa bonté.   THEOPHILE.

                              Helas! illustre Reine,
Le diray auec vous qu'vne aspre passion,
Ne sçauroit offencer la saincte affection,
Que les Anges conferent à leur recommandée.

REINE.

Vous voyez bien comment leur ayde est asseurée.

THEOPHILE.

Reposez-vous en Dieu, & viuez de ce pain,
Et ne refusez pas à manger par ma main.

REINE.

Non mon cher Nourricier, & ie n'ay plus personnes,
Qui sçachent les repas que vos bontez me donnent,
Dieu benisse les biens dont vous me nourrissez,
Ie ioinct bien mes prieres aux soins que vous prenez,

Saluez ma Nourrice, & toſt luy faite entendre,
La claire viſion qui me vient de deſcendre.

THEOPHILE.

Soit ainſi mon cher cœur.

SCENE III.

OLIBRIVS, DALAZAN, CLEMENT,
ASTHERE, ROZELAY, AMELIN, Theophile
Heros des Gardes, & REINE entre apres.
ARTHOCLES entre encore apres Reine.

OLIBRIVS

VNe diſcretion?

Doit iuger voſtre fille à la punition.

CLEMENT.

Ie ne la veux plus voir, & d'un deſir extréme,
Ie veux bien qu'elle meure, où ie meure moy-meſme.

DALAZAN.

Repreſentez-là donc, & qu'elle entende icy,
Combien on en a mis dans les cercueils noircis,
Ce que nous auons fait en cette haute Allemagne,
Où pas vn des Chreſtiens n'eſt reſté en campagne:
Nous n'auons point ceſſé cette execution,
Le païs ne ſçait plus que c'eſt rebellion,
Maintenant tous pieux par tres-humbles ſeruices,
Petits, grands, aſſiſtans à nos ſainctſ ſacrifices.
Le ſang leur a tracé des exemples parfaits,
Aux carnages boüillans que nos Bourreaux ont faits.
Noſtre retour expres attend de l'efficace,
Par la voye de iuſtice, & n'attend plus de grace,
Pour la cauſe des Dieux, Seigneur voila comment,
Vne diſcretion doit rendre iugement.

CLEMENT.

Seſ-

Seigneur ie diray, donc que l'iniure sonnante,
A nos Dieux souuerains sans cesse me tourmente :
Si ie dissimulois ie serois seducteur,
Et dedans nostre Loy tenus pour vn menteur.
Non, ie suis veritable, & sans retard ma fille,
Passera par le glaiue où par la tranche-fille :
Elle n'est plus à Flaue, & ce lieu trop suspect,
La renuoye en prison en vn lieu trop respect,
Seigneur l'agrerez vous attendu que l'enuie,
Par le bruict des Chrestiens nous nomment idolatrie,
Flaue s'est infecté de cette nouueauté,
Des superstitieux pleins de desloyauté :
Or vostre prisonniere est en lieu assez proche,
Vous la representant, mais non à mon reproche,
Page double tes pas, & qu'on la traisne icy,
La mort que ie luy dois me nourris de soucy.
Que ie ne la voye point que toute deschirée,
Foüettez, taillez, couppez, iusques défigurée,
Ie la verray ainsi à mon plus grand repos,
Apres son sang perdu en cent brique ses os.

AMELIN.

Ie reuiens mon Seigneur en moins de temps d'vne heure.

CLEMENT.

Fais auancer la garde, & plus tard ne demeure,
Et sans nous arrester qu'elle passe le pas,
Luy donnant vn soufflet qui l'enuoye au trespas.
Ie ne veux d'autre bras contre ses demerites,
Sans lui point espargner les peines plus subites,
Et transperçans son corps de mille coups de fers,
Iusques à temps que nos Dieux luy ouurent les Enfers.
Mais auant que la mort luy ouure ce partage,
Alise en retiendra l'exemple du carnage,
Et n'oubliera iamais que le nom de Clement,

H

N'attire à la raison mon mescontentement,
Et voila l'instrument qui en fera l'office,
Où ce cœur que ie bat sera le sacrifice.

OLIBRIVS à Dalazan.

Ie n'ay point remarqué plus grande pieté.

CLEMENT.

Ie ne vous parle point taché d'impieté.

OLIBRIVS.

Et n'a-t'on iamais veu, que d'vne ame si pure,
Soit issu vn enfant estre contre Nature,
A detester nos Dieux.   ASTHERE.

            S'il le permettent ainsi

DALAZAN.

Et d'approuuer en nous de la punir aussi.
Il n'en faut mesuser nous rendant tributaires,
Et comme descendans de leurs diuines gloires,
C'est se mettre à raison, & se sacrifier,
A leurs lots eternels sans se mettre en danger,
De corrompre nos loix, de craindre des supplices,
D'offencer les regards dont les Dieux nous benissent,
Mais viure constamment, & maintenir leurs loix,
En craignans les Cesars comme nos iustes Roys,
Et sous leurs estandards declarer vne guerre,
Enfonçant constamment leurs medisans dans terre :
Ie m'en rapporte à vous si l'on doit triompher,
Sur les corps des Chrestiens si prest de nous chocquer.

OLIBRIVS.

Il faut paroistre bons exerçans la Iustice,
Et Diocletian maintiendra telle office.

CLEMENT.

I'asseure en verité que c'est nostre deuoir.

OLIBRIVS.

Aussi tous les Romains sont d'vn mesme vouloir,

De peur d'estre tenu dedans le mesestime.

CLEMENT.

Vous n'entendez iamais en taxer mon estime.

OLIBRIVS.

Ie sçay que vos vertus volent par tous ces lieux,
Par vn grand soin qu'auez de tousiours plaire aux Dieux,
Abandonnant le sang, qui de si prest vous touche,
Voulant couler du corps, à qui fermez la bouche.

CLEMENT.

Ouy Seigneur, c'est le droict de ma iuste raison,
Desirant que ce corps tire à terminaison,
Et qu'elle auance tost à sa derniere peine,
Ainsi que deuant vous rudement on l'ameine.

OLIBRIVS.

C'est parler constamment.

CLEMENT.

Apres vous la verrez
Denier ou mourir, tous les membres naurez:
Vous la verrez en bref, desia mon Page auance,
La traisnant par le fer d'vne premiere istance,
Et vos bourreaux saisis de ce corps obstiné,
Vous feront apparoir son tourment destiné.

REINE sortant de la prison on la fouette.

Ie suis comme en vn bain où l'on se baigne à laise,
Ie ne sens point vos foüets allumez des fournaises,
Des brandons, des esclats, artifices, flambeaux,
Passez moy par les feux, puis apres par les eaux,
Ce ne sont que rosées & que douces delices,
L'amour est bien plus fort que ie trouue és supplices.

OLIBRIVS.

Qu'on la fasse passer par des peignes de fer,
Et par les mesmes feux dont elle veut parler.

Les Soldats l'escorche auec des peignes de fer.

REINE.

H 2

Ie gouste les plaisirs parmy ces violences,
Plus que tous tes esprits n'inuentent de souffrances.

OLIBRIVS.

Hè bien ! t'y voilà donc, infidelle beauté,
As-tu tousiours l'esprit pour ton Dieu hebeté,
Sans doute tu peux bien sentir de quelle peine,
Toy-mesme tu te ceint d'vne si rude chaisne,
Et connoistray que c'est vn tableau de la mort,
Preparant sur ton front son plus cruel effort :
Crains cette hideuse mort en inuocquant la grace,
Au détour du bandeau qui te voille la face,
Où mon iuste courroux te sautera aux yeux,
Si tu ne te rappelle au seruice des Dieux :
Reconnois tes parens des plus recommandabesl,
De mon chef redouté les progez honorables,
Ma grandeur, mon Estat, & tout ce que ie puis,
Et comme les Chrestiens par mes gens sont punis :
Entends encore ces mots, les licols & les cordes,
Les tiennent estroitement hors de misericorde,
Tu vois vn pere doux, dont le front reluisant.
Te rappelle à pitié comme son propre enfant,
Et tes nobles parens qui sans cesse te pleurent,
Connoissant que la mort te vient prendre en peu d'eur'he.

REINE.

Quoy ? que retarde-tu, auance tout effort,
Apprche ce tableau que tu dis de la mort,
Et m'en fais ressentir la viue portraicture,
Afin que ie paye tost ce tribut de Nature,
Et sçache que mon cœur s'y engage content,
Comme soluablement caution de mon sang :
Fais donc voir deuant tous ces cas en efficace,
Voyant que pour mon Dieu ie dffie ta disgrace.

DALAZAN.

Il n'est plus question de l'entendre parler,
Elle doit tost mourir, ou bien sacrifier :
Inuentons de nouueau de plus cruels supplices.

OLIBRIVS se ceuurant de son manteau.

C'est par la Dalazan qu'il faut punir les vices,
Ie ne la puis plus voir, sus soldat qu'on l'entraisne,
Donnant exemple à tous par sa derniere peine,
Apres estre escorchée, inuente Dalazan
A la faire languir quelques nouueaux tourmens,
Ne voulant point fleschir se sentant deschirée,
Vrayment ie ne puis plus reuoir cette obstinée.

DALAZAN.

Il faut donc à l'instant la brusler de flambeau,
Apres la submerger dans vne cuue d'eau,
Resistant sous ces maux, qu'on luy tranche la teste,
Et l'on garantira Alize d'vne peste.

OLIBRIVS.

Viste soldats au feu, bruslez-luy les costez,
Faites-luy endurer mille autres nouueautez,
Dans vne cuue d'eau à l'instant soit plongée,
Puis qu'elle variant des peignes, & des courgées.

REINE.

Ie passe par le feu qui ne brusle mon cœur,
Qui n'offence mon ame & n'en a de chaleur,
Soldats que faites vous, Bourreaux où sont vos forces
Inuentez des fureurs plus vilaines & atroces.

CLEMENT.

Magie trop reconnuë, ô rage des demons,
Quel d'entr'eux la retient en obstinations.

REINE.

Regardez-moy Seigneur de vostre œil pitoyable,
Vous confessant sur l'eau Createur adorable.

La voix du Ciel en forme d'vne Colombe, sur vne
Croix tenant vne Couronne.

Fauorite du Ciel reçois ce beau Laurier,
Ie suis auec toy, ie suis à t'assister,
Ie viens te faire voir du Paradis l'entrée,
Ie suis le Messager, l'Ange à ta destinée,
Reine n'aye donc peur en ces tourmens, suis moy,
Le Royaume des Cieux est maintenant à toy.

REINE.

Ange de Dieu benist, compagnie asseurée,
I'endure volontiers deuant cette assemblée,
I'entends que vostre voix me console en ces maux,
I'ay sçeu vostre secours parmy tous ces trauaux,
Mon corps tout deschiré, ma langue vous rend grace,
Comme des saincts Martyrs ie dois suiure la trace.

LE PEVPLE.

Reine Reine prend garde, appaise ces fureurs,
Tout le peuple te plaint en ces tristes langueurs.

REINE.

Helas paures incensez! trop foibles ames abusées,
Vos faux Dieux en erreurs vous retiennent obstinées:
Vueillez, & entendez à vos conuersions,
Abiurant de vos Loix les fausses illusions,
Ne pleurez point sur moy, mais sur vostre misere,
Et craignez du grand Dieu la Iustice seuere.

ROZELAY.

Faut-il que ta beauté esteigne ton flambeau,
Reuiens où l'on te va mettre toute en morceaux,
A quoy t'arreste-tu, helas! paure infidelle,
Nous voudrions te sauuer d'vne mort si cruelle,
Comme tu n'en as peur, mais les charmes puissans,
Où ton esprit s'endort s'en vont finir tes ans:
Iette la veue au peuple, & entend qu'il te crie,

Sus Reine viens à nous, qu'on te sauue la vie :
Regarde le Preuost n'osans presque te voir,
Il a pitié de toy taschant à te rauoir.
Certes tu peux guerir, le veux-tu pauure fille,
Helas ! sera tost fait, le remede est facile,
Auec vn seul adueu d'adorer nos grands Dieux,
Rien ne te tient icy que deux mots glorieux,
De dire que tu veux demander à ton Pere,
Humblement le pardon d'appaiser sa colere.

REINE.

Menez-moy au supplice où ie die mon Adieu.

OLIBRIVS.

Allez, détrappez-nous ce serpent de ce lieu.

DALAZAN.

A ce dernier propos s'esteigne sa lumiere,
Ainsi qu'on reconnoist la vertu de son Pere,
Pour la derniere fois elle est à ses adieux,
Seigneur pour t'obeïr ie l'oste de ce lieu.

ARTHOCLÉS.

Seigneur encore vn mot à luy sauuer la vie,
Reine vn grain d'encens appaise la furie,
Viens donc sacrifier, & tu ne mourras pas.

REINE.

Pour la foy de Iesus ouurez-moy le trespas.

ARTHOCLÉS.

Es-tu si endurcie, & que ces playes sanglantes,
Sur ton corps criminel icy ne t'epouuentent,
Sans te plaindre sans peur d'vne effroyable mort,
Helas pauure enchantée ! ah que tu te fais tort,
L'on t'à veu la plus belle & aymable des filles,
Comme l'on t'honoroit des plus nobles & ciuilles,
Maintenant l'on te voit par vne fausse foy,
Sur le pas de la mort, mais reuiens & me croy :

Ie promets te ſauuer, & par des ſainſts remedes,
Appaiſer les douleurs de ces playes qui l'excedent:
De plus, tous les honneurs que tu perds endurans,
T'immortaliſeront en te recognoiſſans.

REINE.

Faite ce qu'on vous dit en m'oſtant de ce lieu,
Ie ſuis ſur le chemin, & garde de mon Dieu.

On l'emmeine au ſupplice.

CLEMENT.

Ie reitere auſſi l'arreſt de ſa Sentence,
Qu'auant que de mourir encore autre ſouffrance,
Ainſi iuſques à ſa fin la conſomme à loiſir,
Et plus aſpres tourmens à la faire languir:
Si ce Dieu tant de fois inuoqué à ſon ayde,
La viendra ſoulager de quelque ſainſt remede,
L'exemple ſeruira à nos foibles ennemis,
Quand par tant de rigueurs ſes iours ſeront finis.

OLIBRIVS.

Au reſte des Chreſtiens, des traitres, des perfides,
Qui contre nos Ediſts ſe rendent parricides,
Profanans nos Autels, & ſubrogeans nos Loix,
En blaſphemans nos Dieux à tous accens des voix:
Iuſtes Dieux où ſont-ils, que i'en faſſe vn carnage,
Et de leur ſang boüillant ie renfle mon courage,
Iuſques ie puiſſe voir aux prix de mes trauaux,
Mes Soldats rafraichis en quelques doux ruiſſeaux,
Et comme ils s'entretiennent en faueur de leurs peres,
En exerçant les feux de nos iuſtes coleres,
Et leur dexterité croiſſant de iour en iour,
Fait bien voir que leurs cœurs tout d'audace & d'amour,
Et en vengeant touſiours de nos Dieux les querelles,
Renuerſer les Chreſtiens à mort continuelles.

CLEMENT.

Ie me sens satisfait d'vne iuste raison,
Ayant veu debouter vn sort de ma maison,
Si ie n'ay plus d'enfant vostre arrest en est iuste.

OLIBRIVS.

Il n'est de moy tout seul, mais c'est l'Arrest d'Auguste.

CLEMENT.

Ie ne regrette rien, il faut tout oublier,
Où la compassion n'est digne d'impetrer,
L'exemplaire en est sainct, il suffit à cette heure,
Que dessus nos Autels la gloire nous demeure.

SCENE IV.

Vision de REINE sur vn Chariot de Triomphe, tiré par deux Aigles.

DALAZAN, REINE au supplice, CLEMENT,
OLIBRE apres, THEOPHILE, ALICHRISTE,
& ALGERIDE apres. Les Soldats.

DALAZAN.

SVs Soldats à ce coup qu'elle passe le pas,
Que le premier de vous luy ouure le trespas:
C'est icy que l'horreur doit châstier son crime,
Et passer sans pitié sa mort pour legitime.

REINE.

Accordez-moy vn peu de temps à dire adieu,
Noble Cité adieu, adieu parens adieu,
Nourrice de mes iours, adieu mon Theophile,
Entendez-vous helas! l'adieu de vostre fille.
Toy, ma pauure Algeride, adieu pour vn tousiours,
Ie dis adieu à tous, c'est mon dernier discours,
Escoutez cét accent, adieu filles d'Alize,
Retenans que ie meurs pour vne vraye Eglise,
Sans effroy de mourir, adieu compagne adieu,
Où mon sang épanché se fait voir en ce lieu,

Telle naurée de coups en dieu ie vous embrasse,
Pour vos conuersions qu'il vous donne sa grace,
Et que la gloire vn iour vous demeure à iamais,
Quand vous le connoistrez le seul Dieu desormais.

A GENOVX.

Pardon de mes pechez, ô grand Dieu debonnaire,
En faueur de mon sang s'épanchant pour ta gloire,
Adieu triste assemblée, adieu Alize adieu,
En te laissant mon corps ie rend mon ame à Dieu,
Adieu tous Citoyens, adieu pauures Ministres,
Au vouloir de mon Dieu que vos mains m'administrent
L'ouuerture du Ciel Iesus soit mon adieu,
Marie sa chere Mere à mon ayde en ce lieu,
Mon Ange, mon Gardien, toute la Cour celeste,
Me veüille receuoir à leur celebre feste,
Inuocquant derechef Iesus mon seul adieu.

DALAZAN.

Son discours rend esmu tout le peuple en ce lieu,
Viste la teste à bas, son corps versé par terre,
Paye l'interest des Dieux gouuernans le tonnerre,
Soldats dépesche donc, point de compassion,
Que l'Enfer l'engloutisse en malediction.

On luy tranche la teste.

Mais quoy, que voy-ie icy, accident deplorable,
Vne eau coure de son sang? desastre épouuantable,
L'orreur en sort d'Enfer au peuple peruerty,
Qui par mesme magie en est desia seduit.

OLIBRIVS & CLEMENT entrent.

OLIBRIVS.

A-t'on fait quelque bruict contraire à nostre estime.

DALAZAN.

Sa mort remplie d'horreur vient de punir son crime,
Mais huict cens hommes ou plus tout haut ont confessé

Ce Dieu donc que les Iuifs en Croix ont attaché,
Et comme nos Bourreaux chastioient cette Reine,
De fouets, pignes-de-fer, flambeaux, & autres peines,
Plongée à mesme instant dans vne cuuë d'eau,
De mon inuention pour aigrir ses trauaux:
Le peuple s'escriant Reine, Reine prend garde,
Prend pitié de toy-mesme au bien qui te regarde,
Tu te peux empescher de mourir deuant nous,
Et tu ne fais point cas de ces iustes courroux.
Elle se souriant des discours de ses peines,
Et ces monitions tenoient pour choses vaines:
En forme de Colombe vn Ange descendit,
Qui la reconsola sur cette eau, & luy dit,
Reine viens posseder le Royaume Celeste,
Et ne crains en montant tonnerre ny tempeste:
Ie ne te quitte point en tes maux rigoureux,
Exposant sur ton chef vn beau bouquet des Cieux:
Cette colombe enfin estonna tout ce monde,
Qui estoit spectateur la voyant sur cette onde,
Ie la fis retirer à l'instant du cuueau,
Pour la liurer ès mains d'vn tres-adroit bourreau,
En m'apperceuant bien que son cœur tout de ioye,
Ne s'estonnoit de rien, i'agy d'vne autre voye,
En depitant d'horreur ses orgueilleux aspects,
Se mocquant de nos Dieux & de tous leurs respects,
Ie l'ay donc fait conduire en la place publique,
Où à l'instant posée vne voix Aegelique,
Ainsi qu'auparauant luy dit, ô Reine à moy,
Le Royaume des Cieux est maintenant à toy,
Me lassant au dépit d'entendre ses parolles,
Ie luy ay fait trancher la teste des espaules,
Et d'abord sautellant est saillie de son sang,
Vne claire fontaine escoulant à present.

Reine paroiſt ſur vn Chariot de triomphe en
l'air, tiré par deux Aigles.

OLIBRIVS.

Horreur ſur les humains, execrable genie,
Qui va charmant la mort auſſi bien que la vie:
I'entends bien faire bruict vn gros tonnerre en l'air,
Qui ſemble depiter ce grand Dieu Iupiter,
Sur vn Char triomphant ie voy bien Reine aſſiſe,
Verſant de belles fleurs ſur la Cité d'Aliſe,
Ce Chariot en l'air par deux Aigles eſt tiré,
Horreur viens m'enfoncer en ton lieu deſiré.

CLEMENT en chancelant.

Suis-ie deſſus mes pieds, ou renuerſé par terre,
I'entend bien deſſus nous comme coups de tonnerre,
Et ie voy tournoyer vn Charoit tout doré,
Tirant à contremont du lambry azuré:
Ie voy ma fille aſſiſe, à ſes coſtez deux Anges,
Ne ceſſans de chanter mille & mille loüanges,
Mais cette viſion commence à diſparoir,
Nous rendant conuaincu & tout noſtre pouuoir.

DALAZAN.

Sus ſus, releuons-nous de peur de violence,
Deſia le peuple eſmeu d'auoir veu ſa conſtance,
Sur tant de viſions allons tout empeſcher,
Et par les Druydes toſt veuillons ſacrifier.

OLIBRIVS, CLEMENT, DALAZAN, s'en vont.
THEOPHILE, ALICHRISTE, ALGERIDE entrent
pour enſepulturer le corps de Reine.

ALICHRISTE.

Theophile dreſſons icy ſa ſepulture,
Et adreſſans à Dieu ſa pauure creature,
Nous couurans maintenant enuers ſon corps de dueil,
Et nous l'enfermeront dans vn triſte cercueil.

ALGERIDE.

Adieu ma chere Reine! adieu mon cœur aymable,
Adieu de mon soucy la compagne agreable,
Allez vous dans les Cieux en triomphe sans moy,
N'ayant point separé mon cœur de vostre foy.

THEOPHILE.

Ny moy pareillement, mais qu'elle me pardonne,
De m'auoir desguisé & lasché la couronne,
Que ie deuois auoir sans tant de fiction,
Qui me portoient pourtant à ses affections,
Mais ie feray bien voir mon innocence encore,
Preschant tant que ie sois le Seigneur que i'adore.

ALICHRISTE.

O mes esprits! pourrez-vous me fournir assez de
durs ressentimens à regretter ma chere Reine. O
mon cœur! pourray-ie arracher de toy assez de soûpirs sur le triste obstacle qui se presente à moy. Non,
il faudroit vne mer d'amertume: Mes yeux coulerez
vous assez de larmes pour arrouser le dueil sur l'é-
clipse de mon vray Soleil, qui a quitté sa claire course en se rendant au plus sombre cachot de la Terre.
O mes iours! me fournirez-vous assez de lumiere;
puis que ce bel Astre de ma vie est tombé de son émi-
nence étoillée, & qui vous la fournissoit par son écla-
tante beauté. Non mes iours, vous n'estes plus que
les tenebres, chargez de tous ennuis & encombres
soucieux. O momens rigoureux de mon reste de vie,
auancez donc les sanglots, & ne retardez plus mon
trespas.

STANCES.

Ne dois ie pas connoistre icy,
Ie peche contre mon soucy,
Puis qu'en la foy, i'ay appris Reine,

Qu'il ne faut craindre le trespas,
Pour iouir des celestes appas :
Ah ! que ma raison est peu saine,
De la pleurer icy, elle, en felicité,
Prie maintenant pour moy la seule Deité.

Mais quand ie regarde ce spectacle affreux, &
quand ie viens à considerer que ces Bourreaux inhumains n'ont eu égard à sa Noble Ieunesse, non plus
qu'à sa pure innocence. Ah bourreaux ! ah maudits
carnassiers ! ô Ministres cruels gagez des Enfers,
seruiteurs des Diables.

Ie meurs ; ie n'en puis plus.   THEOPHILE.

                    Helas ! ma chere femme
Ressentez comme moy le sainct feu qui m'enflamme,
Ne sçauez-vous pas bien qu'elle n'a craint la mort ?
Que c'est tant seulement vn sommeil qui l'endort :
Son ame volle au Ciel sur le char de la gloire,
Sa constance icy bas flatte nostre memoire.

ALICHRISTE entre apres.   STANCES.

    Ie peche donc de la pleurer,
    C'est trop mon cœur me tourmenter,
    Ie diray donc que cette chaisne,
    Et ses marques de passion,
    L'enleuement à la saincte Sion,
    Iouir de l'amour souueraine,
Ainsi donc maintenant ie benis les bourreaux,
Qui l'ont fait enleuer és Cieux par tant de maux.

            ALGERIDE.
Elle s'enuole és Cieux en illustre Princesse,
Suuons-là au trespas cherchans nostre allegresse,
Et qu'il plaise au grand Dieu que puissions l'imiter,
Si bien que nostre sang nous fasse meriter.

ALICHRISTE.

Ie vous verray bien-tost ma Reine,
Assise à la Cour Souueraine,
Quoy qu'éclipse vostre beauté,
Passée par tant de cruauté,
Mais maintenant vous estes en reigne,
Et moy ie suis de reste en peine,
Courbée sous la misere humaine,
Quand viendra cette nouueauté,
Ie vous verray bien tost.

   Puis que ma foy toute certaine,
Vrayement l'esperance en est saine,
Vous en sçaurez la loyauté,
Et en auez la royauté,
Doublement couronnée en Reine,
Ie vous verray bien-tost.

L'Adieu de Reine en seconde representation.

IE vous prie m'accorder vn peu à dire adieu,
En ce desastre affreux, adieu chere Nourrisse,
Adieu mon Theophile, & que Dieu vous benisse,
N'oubliez pas icy de dresser vn Tombeau,
Ny de rendre mon corps offert comme vn Agneau.
Encore cét adieu, adieu pauure Algeride,
Benis auec moy ce barbare homicide,
En esleuant mon ame à la saincte Cité,
Retenant que ma mort c'est ma felicité:
Tout ce peuple estonné de me voir au supplice,
Reconnoisse l'amour d'vne si saincte lice:
Adieu donc pauures humains, adieu noble Cité,
Ne tardez d'adorer la vraye Diuinité,
Detestans des faux Dieux les Druydes sanguinaires,
Que sifflets des demons, traistres imaginaires:
Adieu tournez-vous tost, adieu adieu amis.

Receuez mon adieu, vous rendans conuertis.
  Pardon de mes pechez, ô grand Dieu debonnaire,
En faueur de mon sang s'épanchant pour ta gloire,
Adieu triste assemblée, adieu Alize adieu,
En te laissant mon corps ie rend mon ame à Dieu,
Adieu tous Citoyens, adieu pauures Ministres,
Au vouloir de mon Dieu que vos mains m'administrent:
L'ouuerture du Ciel IESVS soit mon adieu,
Marie sa chere Mere à mon ayde en ce lieu,
Mon Ange, mon Gardien, toute la Cour celeste,
Me veille receuoir à leur celebre feste,
Inuocquant derechef Iesus mon seul adieu.

FIN.

PERMISSION.

LE Procureur du Roy au Baillage & Chancellerie
d'Autun, qui a eu communication de la presente
Tragedie, consent qu'elle soit imprimée, vendu & di-
stribuée. Fait à Autun ce 13. May 1664.

DE CHEVANES.

VEv les conclusions du Procureur du Roy, nous
auons permis d'imprimer la presente Tragedie,
vendre & distribuer. Fait à Autun ce 18. May 1664.

D'ARLAY.

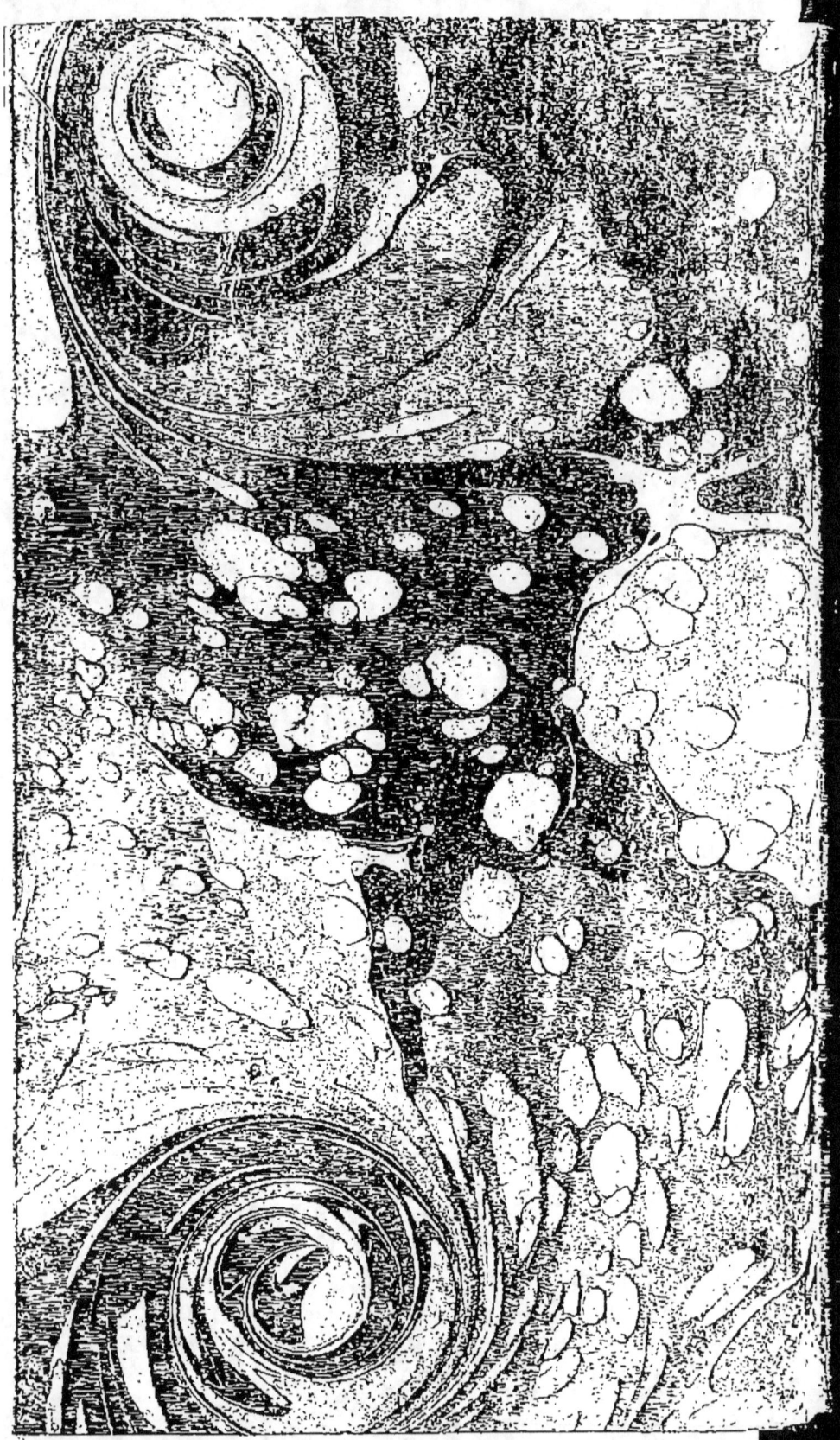

www.ingramcontent.com/pod-product-compliance
Lightning Source LLC
Chambersburg PA
CBHW051547280626
47162CB00021B/1616